程一 著

CHENG YI
works

不负过往，不惧孤独

Good Night

中国出版集团　现代出版社

比爱情重要的东西
有很多，
但比你还重要的东西，
没有。

———

爱情从来就是
一门无师自通的学问，
真正喜欢一个人的时候，
不需要任何人
来教我们怎么做，
我们也会
在跌跌撞撞中
表达出自己的喜欢。

不能彼此理解的感情像泡沫，
轻轻一碰就破。
如果你们互相懂得，
泡沫就会变成铜墙铁壁，
刀枪不入。

你可以失望，
但是千万不要绝望。
因为失望之后
有的是机会绝地反击，
而绝望后
是源源不断的自我放弃。

都说，人一辈子
至少会爱两个人。
一个炽热没结果，
一个平淡到永久。
前一个教会你什么是爱，
后一个告诉你怎么去爱。

人生处处都是选择，
伟大是，
平凡也是。
死了都要爱是爱情，
细水长流也是爱情。
我们终将归于平庸，
重要的是，
会和谁一起归于平庸。

我可以为你对抗天地，
唯独对于你爱我
这件事情无能为力。

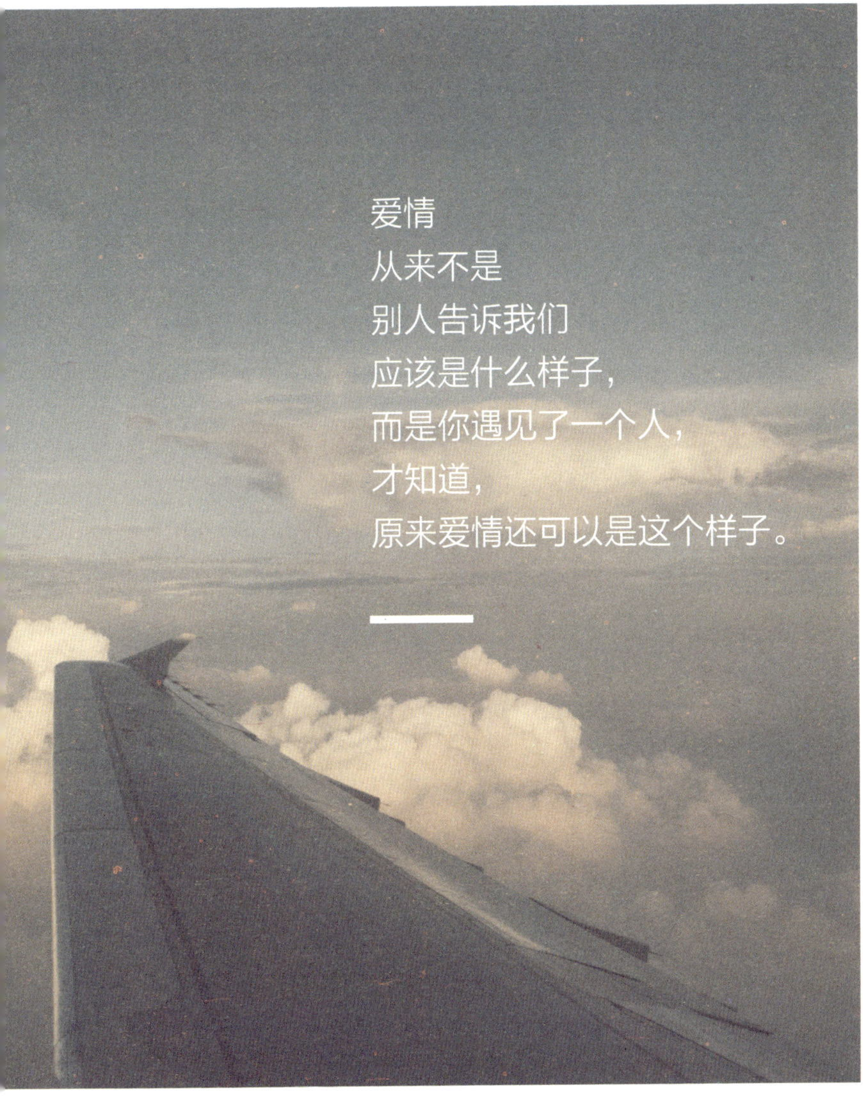
爱情
从来不是
别人告诉我们
应该是什么样子，
而是你遇见了一个人，
才知道，
原来爱情还可以是这个样子。

Worthy Past,
Fearless Solitude

我们无法预知明天，
但我们可以怀念昨天，并把
今天过好。

序

为了写这本书，我对话了
三千万听众。

这是我的第四本书，不长不短，正好写了五年。

是不是觉得很惊讶，在此之前我明明已经出过三本书了，为何这本拖到了现在。

如果我说，为了写这本书，我对话了三千万的听众呢，你们还会觉得惊讶吗?

不知道是在 2014 年的具体哪一天，当我的投稿信箱里塞满了各种各样的听众来信时，我突然有了一个想法，如果可以的话，我想为你们写一本书。

在这本书里我们不谈程一，只谈在电波那头与我相隔千里万里的你们，谈你们的少女心事，谈你们的不愿妥协与将就，谈你们的平凡和伟大，谈你们的孤独，谈你们的热闹。

从倾听者变成记录者，当我把你们的名字慢慢地记录下来的时候，我的脑海里总能浮现出你们的脸。

哪怕我们未曾谋面，但我已知晓了你们全部的悲伤和欢喜，这种莫名被信任的感觉，真的很好。

我从一个讲故事的人变成了一个记录故事的人，这让我觉得既新鲜又美好。哪怕为了还原故事本身，我也需要用大量的时间去整理你们的投稿。

我记得在很多个夜晚，在下节目以后，我一个人在录音间，享受着片刻的温柔和安静，开始对着电脑静静地敲下这些文字。

小时候听长辈们说，人只有老了才会感叹过去，就连说话都会用"想当年"开头。

想当年，程一电台刚刚成立，我没有很多的听众，每个晚上听我节目的就那么几个人。

想当年，程一电台只有我一个人，我一个人写稿、录音、剪辑、传节目，好像从来也没觉得累过。

想当年，程一还是一个胖子，我常常在节目里调侃自己，可是真正要到与你们见面的时候，还有些不好意思。

想当年，程一还是一个因为第一次见你们害羞到耳朵红透的人，而如今我到过全国几百座城市，做了几百场演讲，握了几十万双手。

想当年，想当年，想当年……

我一直信奉相遇即是缘分，无论是哪一种相遇，都是一种特别的缘分。你们能在那么多的主持人中，选择成了我的听众，即是我们的缘分。你们能在这一生中遇到的那么多人中，选择了跟我讲心事，也是我们的缘分。

而我为了维系我们的缘分，除了每晚的陪伴，就是认真地记下每一个跟我讲心事的人的脸。

所以我写了这本书。记忆会衰退，时光会流逝，但是这本书会帮我们记得我们之间所有的缘分。

一直很喜欢一句话：这是很长、很好的一生。

我们无法预知明天，但我们可以怀念昨天，并把今天过好。

所以我想跟所有的你们说一句话，如果你今天很快乐，答应我明天要更快乐。

如果你今天不那么快乐，那请你回忆一下昨天的快乐，并且在明天要忘记今天的不快乐。

如果你过去的所有日子一直都不快乐，那么请你明天开始要学着快乐。因为我希望在我的下一本书里，可以帮你们珍藏所有的快乐。

当我敲完以上的这些字，时间已经从 2014 年穿梭到了 2019 年 11 月，这一年，差点就又要过完了。

11 月的北京，气温已经低到需要钻进爱人的怀抱才能睡得安稳，我一个人辗转反侧，在干燥又寒冷的夜里，开始期待着你们看到这本书的样子。

会惊喜吗？会觉得无聊吗？

会觉得这五年值得吗？会对我失望吗？

如果有机会的话，你们一定要跟我说说。

像过去的很多次一样，把我当成一个树洞，认真地讲你们的心事吧，这一次，就让我好好地当你们的听众。

最后的最后，我还有一句话想跟这本书里写到的你们说：

他日相逢，我们只谈欣喜，不讲悲伤。愿你们一切都好，岁岁平安！而我也是。

目录

1

2

3

4

5

6

目录

10

11

1

一 条 叫 十 二 的 狗

不负过往，不惧孤独
Worthy Past, Fearless Solitude

在你 15 岁那年，喜欢上的那个人，你还记得吗？

我记得，十二也记得。

十二是一条狗，也是一个人。有一天，十二给我讲了一个很长很长的故事，故事里有一条名为十二的狗，还有一个他心心念念的人。

初见时的胆小如鼠，重逢时的欣喜若狂。我遗憾他们错过了彼此的年少轻狂，两小无猜。也暗自替他高兴，兜兜转转数十载，失去的爱人还能再相逢。

只是有些人，遇见已经花光了前半生所有运气。在一起，大概只能搭上余生全部的努力。

1

做电台这些年我听过太多故事，终得圆满的少，爱而不得的多。所以 2017 年 1 月，我开了一档名为《声音传情》的节目，没奢望能帮每一个到这里来的人找回爱情，毕竟错过的人那么多，真正重归于好的真的没几个。

我所能做的，只是用自己的声音去帮他们传递每一份深情，那些他们想说却不敢说的话，我会通过电台这个特殊的方式，说给他爱的人听。不说有多伟大，但对我来说却是意义非凡。不说有多大成就吧，只求每一个到这儿来的人都能不留遗憾。

或许这世界上并不缺乏爱情和喜欢，只是爱得太认真，有些话反而不敢当面说出来，于是每周我都会收到上千封委托书。十二就是我的一个委托人。

十二不是他的真名，他也不是一个十二岁情窦初开的青涩少年。

我直播的时候有个习惯，但凡和听众沟通，开头第一句一定是："请问您怎么称呼？"人总有姓名，但我从不追问别人的真实姓名。愿意说，是信任；不愿意说，也庆幸程一电台能成为他世俗之外的一个落脚处。

只要是你说的，我就信，所以他说他叫十二的时候，我没有追问他的本名，每个人都有他的缘由，他希望我叫他十二，也自然有他的道理。

后来我知道，十二是他喜欢的一个数字。他说："爱人、朋友、妈妈、故乡，都是十二画，那些难忘的人和事，好像冥冥之中和这个数字有着某些特殊的联结。"

他养的狗，名字也是十二，准确地说，是他和她一起养的狗。

熟悉后我同他开玩笑，怎么和狗叫一个名字。他长长地叹了一口气说："有时候，我真希望我是那条狗。至少能跟她回家，不至于被她妈赶出来。"

2

十二家在河北保定的一个小镇上，没有电视剧里演的那么穷困潦倒，十二的爸妈是自由恋爱，两人是高中同学。高中毕业，这在那个年代，已经是很高的学历了。

于是他爸理所当然成了村长，经济来源稳定，生活质量有保障，妈妈也从来不用做什么重活，没有典型农村妇女的样子，下地干活，做手工贴补家用，这些都不用，只是偶尔会被请去村委会写写公文，赚点小钱，小日子过得也算滋润。

十二的童年很幸福，家境富裕，学习成绩优异，是小镇上所有人羡慕的对象。但十二这人没点"富家子弟"的认知，倒是书香门第的内敛继承得非常彻底。

村里大人都喜欢他，懂事乖巧，只是不大爱说话。街坊邻居都说十二长大后一定会有出息，但他自己不这么认为。

十二长相不算出众，也正是因为这一点，青春期的十二心里，多多少少有点自卑，这点小毛病倒也不碍事儿。况且十二此人，虽然酷爱看武侠小说，却没什么远大抱负，他没有仗剑走天涯的冲动，当个穷书生，平淡地过完一生，就是他最大的梦想。

直到十二15岁那年，他第一次尝到了爱情的滋味。

不甜，微苦。和大多数人一样，十二的初恋，是一个长发的姑娘，扎着长长的辫子，弯弯的月牙眼，笑起来的时候脸上有两个浅浅的梨窝儿。十二说，他第一次醉不是因为喝酒，而是因为姑娘的笑。

十二有多喜欢姑娘的笑呢？这么说吧，只要姑娘一笑，他就跟着傻笑，矜持的莞尔一笑也好，不顾形象的捧腹大笑也好，不管姑娘怎么笑，十二都喜欢得不得了。

酒不醉人人自醉，说的大概就是姑娘的笑之于十二了。但十二这人不爱说话，在喜欢的姑娘面前更加不爱说一句话。

3

　　世界上有很多东西可以等，唯独姑娘等不起。在十二迟迟不见动静，满腔爱意都只敢藏在眼神里，从不敢和姑娘提起后，姑娘被隔壁班的帅小伙追走了。那年十二19岁，爱情还没开始，就知道了失恋是什么滋味。

　　我问十二，为什么不抢回来，你看了那么多武侠小说，就没有一点冲动，为了心爱的姑娘勇敢一次，把她抢回来？十二说不了，她值得更好的，我长得不好看，也没什么远大的理想，别耽误了人家姑娘。

　　暗恋人家小姑娘整整四年间，十二什么都没和人姑娘说，自己在心里导演了一出富家千金看不上没钱小伙子的年度大戏，在姑娘名花有主后，他郑重地把人生中第一次喜欢，烂在了肚子里。

　　姑娘恋爱的那天晚上，十二灌了半瓶二锅头，缅怀了一下自己无疾而终的初恋，希望烂在肚子里的喜欢就着二锅头一起，顺着肠道排出去，假装这事儿就算过去了。

　　但酒精会挥发，失恋却没那么容易释怀。不然世间为什么每天都有这么多失恋的人在寻死觅活。

　　19岁那年，他逃了。姑娘不敢想了，书也没法念了，连夜买了一张去往省城的火车票，他走了。

　　那会儿还是绿皮火车，火车开车，发出轰隆隆的声响，周围的人都睡了，邻座的大爷打着呼噜，只有他一个人，坐在窗边，悄悄摸出喝剩的半瓶酒，想诗情画意一下看看星空，却只有满眼的漆黑。外面什么都没有，漆黑一片，和他刚刚失去的爱情一样。

我想当时的十二，趁着天黑，应该哭过吧。

一个盛夏的夜晚，一张车票，半瓶酒，一个失意人也一定掉过几滴眼泪，为他无疾而终的初恋。

4

19岁的十二只身来到省城，什么都没有，没钱没学历没手艺，只有他自己。在城里游荡了两三天，每天馒头就着白开水凑合着过。最后在城尾的一家工厂里落了脚，一个月一千一百块钱，包吃包住，勉强够十二一个人过活。

厂子是做牛仔裤的，除了夏天工厂的气味儿难闻点，集体宿舍下铺的老大爷睡觉呼噜打得震天响，偶尔有点睡不着以外，日子也算快活，至少这里没有失恋的可怜鬼，只有一个自由自在的十二。

只是偶尔夜深人静的时候，就着下铺大爷的呼噜声，十二偶尔还是会想起那个姑娘。想那个姑娘过得怎么样？那个人有没有对她很好？想如果姑娘知道他有多喜欢她，会不会在和那个人在一起之前，犹豫一下？想如果当初说出来，结局就会不一样了？但也只是想想而已，姑娘的一切都和他无关了。

没人和他提起她，他再怎么惦记，也从不曾刻意打听，十二从来没想过，再次知道姑娘的消息，是她的婚讯。

不知道姑娘从哪儿要来他的电话，她说："我要结婚了，你会回来吗？"十二笑着对电话那头的人说恭喜恭喜，再一次当了逃兵。姑娘的婚礼他没去，就像19岁那年错过姑娘的第一次恋爱一样，23岁的十二错过了姑娘最美的那一天。

他爱的人结婚了，他终归还是没有勇气去见她嫁给别人的那个瞬间。礼金倒是尽数给了，不多，十二三个月的工资，为这，十二又吃了好几个星期的白面馍馍，味道倒也不差，就是有点干，噎人，差点呛出泪来。他的青春彻底没了，以一次她的笑开始，以一场没有他的婚礼收尾。

5

十二好像突然想通了，他想变得更好了。他想折腾出一点事儿了，至少下一次面对她的时候，他不至于自卑到抬不起头，哪怕她已经属于别人了，他也想能给她留个更好的印象。

那两年里，他在腊月天里摆过地摊，被城管追着跑的事儿没少碰上，从卖鞋到卖书包、卖毛巾，终归还是卖不过城管，放弃了。后来他辗转去过好多地方，尝试过好多赚钱的法子，都以失败告终，或许是漂泊久了会想家，25岁的十二最后还是回到了自己的家乡，开了一家米线店，这一次，他成功了。

十二回来了。十二也有钱了。他凭自己的本事付了一套房子的首付，买了人生中的第一辆车。回来的那天他约我吃了一顿饭，特别骄傲地说，我现在至少敢和她说我喜欢她了。

可岁月从来不会轻易放过任何一个孤独的人。他回来的时候，她已经结过婚了，独自带着一个孩子。离婚，带着孩子，这些在外人眼中不好的标签，在十二面前都不重要，他爱她，就够了。于是他穷追不舍，还好，这次25岁的十二终于用一条狗追到了喜欢了八年的人。

你没猜错，这条狗就叫十二，二哈，和这个叫十二的人一样傻。

谈了整整一年，十二都没和她同居过，我笑他，你当你还是小孩子过家家啊，谈个恋爱这么清淡。他说，我不能让她没名没分地和我待在一起，对她名声不好。所以就连他们养的狗都是白天在十二这儿，晚上女孩牵回去，第二天早上再送回来。

当一个男生和你谈恋爱不只是为了和你睡觉的时候，他一定是想和你过一辈子了。

．

我想十二是认定这姑娘就是和他共度余生的人了。我问他，既然这么喜欢，那为什么不结婚？十二说，她家里不同意，我条件太差了。我说你有房有工作，自己一步步走到现在，哪里差？十二说，她家是住别墅开名牌跑车的，这样你明白了吗？

我不知道该怎么回答。因为有些距离，不是说努力就能消除的。就像大多数人在北京奋斗一辈子也买不起五环开外的一个厕所一样。有些差距，是从你出生就注定的，而你无能为力。

说到这儿的时候，十二苦笑了一声，他说，最近她总和我说，问我早干吗去了，早说喜欢，19岁那年就在一起了。

是啊，十二早干吗去了。19岁的时候你家境优越，为什么不勇敢一点说你爱她。他说，那时候的我已经没资格了，我走，其实不全是因为她，更因为我的家。

"你爸不是村长吗？"

"我爸前一年倒下了，再没起来过。"

♭

在19岁的十二送走他无疾而终的爱情之前，18岁的他先送走了自己的父亲。命运总是眼红过得好的人，总喜欢在人开心的时候给你泼盆冷水，而给十二家的是滚烫的开水。一盆浇下去，一死两伤。十二他爸走了。从发病到离开，只有短短七天，短到18岁的十二压根儿没有缓过神来，就被迫接受了这个噩耗。

当时家里没钱，这病费钱，短短七天用了七万多，但家里砸锅卖铁也没想过放弃，想着县里不能看就转去北京的大医院。但时间从来不会等任何人，车还没走到北京，十二他爸先走了。

所以我想十二的第一次哭，应该不在19岁失恋的那个晚上，而在18岁，父亲的葬礼上。

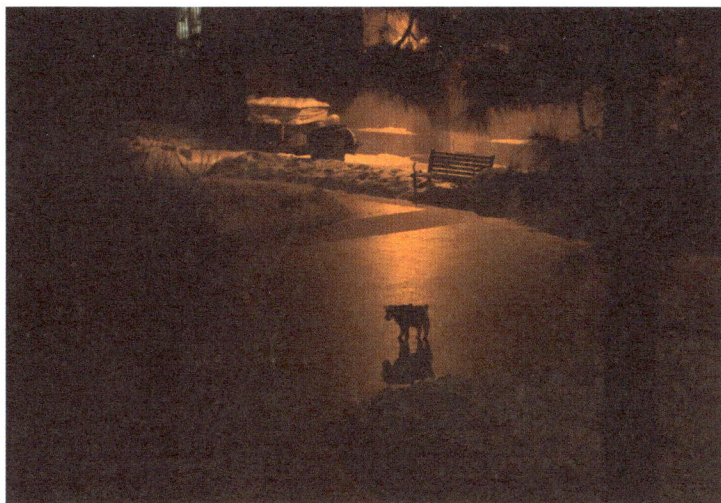

　　那时候污染还没那么严重，不兴火葬，小镇上人去世了，都要办葬礼，风风光光地送他走完最后一程。葬礼要设灵堂，奏哀乐，亲朋好友一个个前来悼念，孝子一个个帮忙上香，帮忙感谢。葬礼办了五天，十二跪了五天。前来悼念的人，不管亲疏，都掉过几滴眼泪，真挚的也好，虚假的也罢。

　　我问十二当时你哭了吗，他说没有。当时村里的人都说，这孩子太坚强了。我想也是，他太坚强了，如果是我，我一定借着香熏得眼睛疼为由头哭个够。我最亲的人永远离开我了，我为什么不能哭？但我不是他，一直到送葬完，十二都没哭过。

他冷静地处理了所有事情，什么都没变，只是那天之后，十二好像一下子长大了。不过想想也是，他妈只有他了，不长大又能怎么办呢。

7

十二说他这辈子没受过什么大的打击，他爸走是唯一一次。原本富裕的家庭一下子变得捉襟见肘，抽烟也是那时候学会的。

你知道相依为命是什么滋味吗？我不知道，但十二和他妈一定知道。十二的第一份工作，那一千一百块钱，有八百他寄给了在家的母亲。但他每次寄回家的八百块钱，他妈都不舍得用，生怕他在外面过得不好，又给他转回来，两个人就这么折腾来折腾去，日子苦点，但到底有了点着落。

生活把你逼得不成人样，但还好有另一个人能做你生命继续的依托，这大概就是相依为命了吧。

每个月十二会给自己剩下几十块钱，这是他给自己留的烟钱。
我这人从不抽烟，一是保护嗓子，二是我有什么心事都能通过录音来排解，还没有到需要烟酒麻痹自己这一步。但我始终觉得，除了上学时随波逐流学着别人抽的那些人，其他每一个抽烟的人背后一定有件不为人说的心事。

说出来怕别人担心，不说出来，自己憋着难受。最后只能选择抽烟，在吞云吐雾间寻求片刻的自由。我不知道19岁的十二有多苦，但至少抽烟那几分钟，他是轻松的。

不用记得父亲离世的噩耗，不用想起那份不属于自己的爱情，不用一个人面对养家的现实。

他没有选择命运的机会，现实再残酷他也无法逃避，只能通过这种方式来短暂逃离。烟头点燃，在那一根烟的时间里，他做了自己的胆小鬼，烟头熄灭，他还是母亲的大英雄。

8

你说命运公平吗？他本可以享受着家庭带给他的安稳，但是父亲一走，安稳也走了。他好不容易找回了失而复得的爱情，却因为门不当户不对，被拦在了幸福的门外。

我问十二，长这么大，你哭过吗？他说没有，他从没在人前哭过，因为他是个男人，所以命运给的所有苦他全盘接受，不抱怨，最多抽根烟，一个人难受。

我想起前些日子我在网上看到过一个视频，女方结婚的时候，男生开车尾行七公里，然后收到了女生的一条短信："别送了，我到了，对不起。"

看到这个视频的时候我就想到了十二。对啊，这辈子唯一爱的人就要嫁给别人了，而我什么都做不了，为什么不能哭？

我有时候在想，十二一定哭过，只是我们没见过罢了。他要做个懂事的儿子，要一个人风光地送走最亲的人。他要做个有担当的人，要等有能力了才去追那个想要照顾一生的人。他要做个大度的人，所以只能眼看着喜欢的人嫁给别人。

在那个独守灵堂的晚上，在那个独自坐火车离开的夏天，在那个独自摆地摊被城管追着跑的冬天，在那次被女生父母赶出门外独自回家的路上，他也一定默默掉过泪吧？

他也有扛不住的时候吧？但他没有在人前软弱的权利啊。因为他是个男人，所以不能在人前哭，所以再苦也不与人说。

那天我问十二，她结婚的时候，你会哭吗？

十二很久才回了我的微信。他说不会的，因为我是个男人，男人不能哭。我想说，去你的男人不能哭。但我最后还是没说。因为我知道，他可能哭过了，只是我们没有看见罢了。

9

我不知道十二现在和那个姑娘怎样了，虽然我一直都在朋友圈默默关注着他的动态。听过我节目的朋友都知道，我有一个惯用的开头：

"嘿，你还好吗？我是程一。"

这句话我在节目里说过千百次，却在那次和十二聊天之后，再没敢问过他一句："你还好吗？你和她还好吗？"

我没法抱怨命运的不公，我只想在我的世界里还十二一个圆满。我知道很难，但我总想着有一天，我第一次见到十二的真名是在他和姑娘的喜帖上，鲜红的喜帖，烫金的字体，他和姑娘的名字并排躺着，一定很好看。但这些，都只是在我的世界里罢了。我没问过他，因为我也怕，怕我得到的不是我想要的答案，就像你们从没在我的节目里听见过十二一样。

因为最后他放弃了爱情。他不怕姑娘给出的不是他想要的答案。只是爱了十一年，他终究，还是不愿意让她为难。

他说这样也挺好的，她好就行了，狗给姑娘了。他总想着没了十二这个人，她也算有个伴。哪怕只是一条叫十二的狗，一条总想着变成人的狗。

2

爱 情 防 腐 剂

不负过往，不惧孤独
Worthy Past, Fearless Solitude

都说人一辈子至少会爱两个人：一个炽热没结果，一个平淡到永久；前一个教会你什么是爱，后一个告诉你怎么去爱。

打败爱情的借口太多，断不掉的前任，抱不到的异地，熬不过的七年之痒，对抗不了的门不当户不对……随便一个都能把你信以为真的爱情击得粉碎。

可赢回爱情的理由也只有一个：因为是你，所以做什么我都愿意。

据说，每一分钟这世上都有两万对本应该在一起的人擦肩而过，我只愿你遇见对的人以后，不要成为这两万分之一。

愿每一个夜晚，你都有人可想，有梦可做。

1

2002 年 12 月 12 日凌晨 1 点 47 分，把传呼机锁进抽屉的那一刻，小露宝就知道，即使传呼台没有大面积消失，这台传呼机再也不可能响起。

和传呼台一起消失的，是一个叫何志武的男人，那是小露宝的初恋。和传呼机一起被锁进抽屉的，是 198 张用完的电话卡，每张面值 50 元，那是小露宝的青春。

小露宝是香港人，而她的初恋，在云南。

"今天，我 16 岁了，可以对自己的行为负责了，我喜欢上了一个姑娘，你说，我要不要和她告白？"

这是 14 岁的小露宝收到的第一封情书，在她知道爱情是什么之前，有个人直接出现，用滚烫的文字告诉她："和我在一起，就是爱情的样子。"

她懵懵懂懂，答应了。

14 岁的她从没想过喜欢的那个人会是什么样子，一个自称是她爱人的人就出现了。她好像被剥夺了想象的余地，所有和爱情有关的东西都只能围绕着这个人展开。

爱人应该是什么样呢？他应该身材消瘦，喜欢穿浅色的 T 恤，有一个酒窝，最喜欢在电话里听她笑的声音。

14 岁，他会写封信和她表白，虽然相隔千里，但书信、传呼机会把他们拉得很近。

20 岁，他正好 22 岁。法律允许的那一天，她会为他身穿白纱，在人生中最美的那一天，嫁给他。

22 岁，他们会生一个可爱的胖娃娃，然后柴米油盐酱醋茶。

因为他，小露宝开始对爱情有了憧憬，却没想过在 18 岁那年，他会消失得一干二净，就像从来没有出现过一样。

2

她找不到他了，传呼机再也没有留言，寄出去的信再也没有回应，就连赶到那个小镇上去找他，都没能见上一面。可他没说过分手啊，所以她始终相信他还喜欢她，只是喜欢得太累了，要休息一阵子。

她总觉得，不管多久，有一天他一定会带着他的爱情回到她身边。她总想着，有一天他会穿着一身帅气西装，娶她进门。

但她没能等到。

2004 年，她 20 岁的那年，他结婚了，新娘理所当然不是她。

那个女生怀孕了，那个人和她不一样，那个人愿意和他一起留在云南的那个偏远小镇里，他再不用在爱情里，被别人看低。

"你为什么突然没有联系我了，我那些天每天都盯着我的传呼机，一直在等你，你知道吗？"

"我考公务员失败了，阿姨给我打了一个电话，是我配不上你，对不起。"

"所以你就这么轻而易举地放弃我了？因为我妈的一句话？"

"对不起，是我配不上你。"

这是他消失两年后，第一次和她说话。他的婚礼浇灭了她所有的希望，他的那句"配不上"，让她对这个人彻底断了念想。

他属于别人了，她的爱情也属于别人了。

3

"这部电影里的男主角竟然叫何志武！"

"怎么了？"

"没什么。"

《重庆森林》上映的时候是 1994 年，小露宝看到这部电影的时候却是在 2008 年，距离 2004 年过去了四年。

那时她和爱人窝在沙发里，头枕在他的腿上，躺着喝牛奶的时候，有几滴从嘴角流了出来，他笑着骂了她一声小笨蛋，手却已经温柔地把她嘴角的奶渍擦拭掉。

四年其实挺久的，久到她差一点忘记她在 14 岁那年也遇到过一个

叫何志武的人，久到她的生命里会有一个叫王先生的人出现，打破她原本对爱情的所有想象，一见面就敢交付她自己的一生。

小露宝想象过她会在哪个地方遇见她的第二份爱情，是烟雨的江南，还是繁华的北京，不论是哪里，她都没有想到过 2006 年的夏天，她会在俄罗斯方块的 QQ 游戏大厅里，遇见那个要陪她走完一辈子的人。

但缘分就是这么奇妙，她不相信网恋，他奔波万里，从大连到深圳只为见她一面，他拥抱她的时候，她还是没狠下心拒绝。

那是 2007 年，她遇见了这世上对她最好的男人。

好到什么程度呢？

她的妈妈不同意她离开香港去找他，他就抛下一切，背井离乡，一个人到了离她最近的深圳，他在这座城市一个认识的人都没有，但因为她不能过去，所以他来了。

为了在这个有她的城市扎下根来，他在烈日炎炎下送过水，挨家挨户地问人家需不需要订水，短短三个月，他对这个城市的熟悉程度不亚于一个土生土长的深圳人。

小露宝怕冷，住在一起后的每一个冬天，他都是先洗完澡暖好被窝等她，南方没有暖气，他就做她的人体暖水袋。

她把家搬到了深圳，但工作留在了香港，每天 6 点就要起床搭车去口岸，他上班的时间是 9 点，但每一天都会和她一起起床，送她去口岸后，再自己乘公交车去上班。

你说在爱人面前你的工作能有多忙，只要用心爱，一切琐碎的时间都能用来陪伴。

4

你一定会说，总有不能陪在身边的时候，他们也一定会遇到。是，在他工作刚起步的第二年，这样的情况发生了。

那时候她在一所中学当辅导员，为了更好地带学生，她进行了为期两天的消防员模拟训练。长跑5000米、二节拉梯登楼、百米翻越板障……这些男人都不一定能忍受的训练，她在两天内全部完成。

结束训练的那天下午，她就意识到，她发高烧了，过度运动浑身肌肉酸痛，高烧让她全身上下没有一丝力气。打车回家的时候，就连上车，腿都要用两只手拉着才能抬到车上。

这是她最需要他的时候，但是他出差了，为期五天，这是很早之前就确定的，对于事业上升期的他来说，没有拒绝的权利。

她不想一个人去医院，所以直接打车回家。但一想到回到家，要一个人面对空荡荡的房子，她突然有点想哭。

打开家门的那个瞬间，她哭了。但不是因为心酸，而是因为感动。屋子一点都不空，满屋的便利贴，都是他留下的。

鞋架上贴着一张，写着："欢迎回家，这两天，你辛苦了。换好鞋子，到厨房看看吧。"换好鞋子，她来到厨房。厨房的冰箱上贴着两张，写着"我知道你一定很累了，我买好了一个星期的菜，在我回来之前，你就不用一个人去菜市场买菜了"。

"对了，我买了一箱牛奶，是你最爱的草莓味儿的。"

关上冰箱，她拿着衣服去了浴室，浴室的镜子上也有一张："好好泡个热水澡就睡觉吧，衣服放着，我回来洗。"洗完澡准备躺到床上休息的时候，床头柜上是一个兔子玩偶、一盒她爱喝的草莓味儿牛奶，还有一张便利贴："喝完牛奶，好好休息吧，爱你。"

他明明不在，却好像一直陪着她，这房子一点都不空，被他的爱装得满满当当。在一起的这些年，他知道她的所有喜好和习惯，所以能够按照她回家的步骤贴好便利贴。

她给他打了一个电话，没说她发高烧的事情，怕他担心。昏昏沉沉睡了不知道多久，才算缓过神来。

五天后，他回来了，一切照旧，两人反而比上次见面时更亲近。

5

但磨难不只来源于爱情本身，还有一种东西，叫物质基础。

在出租屋住的第二年，深圳房价开始逐步上涨，房东为了早日腾出房子出售，将这对本来收入就没有多高的小情侣逼到了绝路。

她不想再看房东丑陋的嘴脸，他也不想再让她受一丁点委屈。买房，是他们共同的决定。

可买房说起来容易，做起来难，钱哪里来？两人都是刚工作，自然没什么积蓄，小露宝的家庭倒是富裕，但她妈对于这一段感情本就坚决反对，更别提拿一分钱资助他们了。最后，他第一次向远在东北的父母开了口，十五万首付，男生父母给的。

那是他们第一个家，50平方米。房产证上写的，是两个人的名字。

小露宝坚决不同意，却被他的一句话认定了他一辈子。"我所有东西都是你的，有你的地方才是家。"

你看，打动人的从来不是虚无的甜言蜜语，而是从一开始，这个人就认定了你是他的一辈子，这样的真情实意，你怎么能不以同等的真心交付。

6

都说不被父母祝福的婚姻是不会幸福的。所以，在母亲的阻挠下，那个叫何志武的人以"配不上"为由，当了逃兵，小露宝的第一份爱情死了。

第二份爱情，依然门不当户不对，母亲照样反对，甚至比 18 岁那年来得更甚。但我们忘了，天底下哪有那么多整天就喜欢棒打鸳鸯的父母，不过都是为了自己的儿女能过得好罢了。

她妈反对，她就和她死磕到底。她妈要给她安排相亲，她就用"我已经有对象了"一句话回绝过去。她妈看不上他，他就拼了命努力。

2011 年，他终于在这个城市站稳了脚跟，收入稳定，买了自己的车。她再也不用挤公交车，每天上下班依然是他陪着，只是现在的日子没有以前那么苦了。

2012 年，她已经迈入大龄单身女青年行列好多年，相亲一次没去过，执意要和他在一起。她妈终于松口了。

于是水到渠成，打破了网恋的不现实，熬过了学生时代的异地，等到了双方父母的祝福，他们终于结婚了。

"都说男人结婚前和结婚后是两个样，追到手就不珍惜了，结婚后，他还对你那么好吗？"

"嗯，反而更好了。"

今天是 2017 年 10 月 20 日，我的直播间迎来了一位叫小露宝的委托人，接通连线的那一刻，我就被她的笑打动了，我从没想到电话那头是一个两岁孩子的妈妈。

那也是我第一次相信，爱是真的能把人宠成少女。

这是 2017 年，这是他们在一起的第十一个年头，她为他辞去了稳定的辅导员工作，为他生了一个可爱的女儿。他还是和以前一样，会为了担心她吃麻辣烫闹肚子在寒风中抱着她，给她讲长达四十五分钟的道理。也会为了她喜欢吃麻辣烫，就真的给她在家门口开了一家麻辣烫店。

他的世界里本就没那么多道理，只要她喜欢，就是真理。

幼稚吗？矫情吗？我不觉得。

小露宝在和我分享他们的日常时，仍旧笑得像个少女，这也让我和直播间里的上万听众嫉妒得发狂。

8

亲爱的老公：

你应该没有想过我会借程一的声音向你传情吧？你知道的，狮子座的我是多么要面子，所以只好拜托程一用他磁性而温暖的声音跟你说说我的心里话了。

这是我们在一起的第十一年了，从网友到夫妻，再成为父母，这当中的不易，只有我们自己知道。

你对我的好，我都记在心里：鞋带松了，你会蹲下帮我系；在路上，你总牵着我的手让我走在马路的最里面；夏天吃西瓜，你总是把最中间的那块留给我；冬天你总先洗澡，然后裸体帮我暖被窝；你的所有时间和工资都属于我，家里所有的家务都属于你；我就像你手心里的宝，被你一直捧着。这大概就是爱情最美的样子了吧！

我对你任性，那是因为我知道你是唯一可以无限包容我的人。因为你，我才有资本任性。老公，如果这些年我的任性让你受委屈了，我跟你说声：对不起。这些年你辛苦了。请记住，无论将来在哪里生活，有你和女儿的地方，就是我最温暖、最想到达的地方。谢谢你这么多年来的付出，我爱你，更爱你给我的这个家，永远！

爱你的媳妇儿。

这是小露宝当时要我传达给王先生的话，她说她是典型的狮子座女生，心里很清楚这些年他对她有多好，也知道他对自己有多重要，但爱面子的她从来不会对他说这么肉麻的情话，也没有认真地和他说过一声谢谢。

我拨通王先生的电话，把这段话念给他听的时候，他几乎哽咽，他说："你在念这段话的时候，我想起了我们结婚当天的情景。当时我说媳妇儿，我一直都这么叫你，我们一起经历了那么多，以前这么样对你，以后也只会更好地对你，结婚对我而言从来不是一种束缚，而是让我知道，我应该对你更好的一个见证。"

9

我一直都相信，世界再大，你也一定能遇到那个把你捧在手心里的人。

就像小露宝和她的王先生一样，年龄、外表、距离，这些在真爱面前统统都不是问题，只要是为你，没有什么是我不能做的，只要是为了你，我就会拼了命努力。

小露宝说，她之所以能一直这么任性，是因为王先生给了她任性的资本。

是啊，在那个对的人面前，你从来不用小心翼翼伪装成淑女，如果他真的爱你，就算你是上天入地的疯婆子，他也会疼你到骨子里。

真爱从来都不会败给时间，输给距离，只要真的爱，多远多难都要在一起。

前些天，我和小露宝聊天，我说你还记得何志武吗？《重庆森林》里的那个，金城武演的。她说记得，那是多少人的青春哪。

她还说，因为那部电影，她一度很喜欢金城武，所以2016年《摆渡人》上映的时候，她还去电影院看了，他们一起看的。结婚四年，他依旧还是会在每个月第一个周六的晚上约她看一场电影，和热恋时一样。

她说虽然《重庆森林》里的金城武更好看，但终归太过稚嫩。《摆渡人》的剧情虽然俗套，但终归经历了时间的沉淀，更有味道。

何志武吃着凤梨罐头奢望阿May会回来的时候，还是爱上了另一个人。管春虽然平时看起来吊儿郎当，但在他的爱情世界里，没有前任，只有唯一，为了爱人，他愿意付出一切，和她的王先生一样。

正因为错过的都会过去，所以陪在身边的才更应当好好珍惜。

10

我在2017年的末尾见到了小露宝，那个时候，她家庭幸福美满，有一个2岁的宝宝，是个很乖巧的小女孩，在我的深圳场见面会上见到我的时候，也毫不害羞，字正腔圆地叫我程一叔叔。

或许2017年的小露宝会很庆幸自己遇见了帮她表达爱的程一电台，但其实我也很庆幸，2017年的程一电台遇见了小露宝，才能让2017年程一电台的万千听众，听到了一个长达十一年的爱情故事，知道了爱情最美好的样子。

都说爱情有保质期，小露宝第一份爱情的保质期是四年，四年已过，人走茶凉。

而她的第二份爱情大概也有保质期，但更可贵的是，她这一次的爱情还有了防腐剂。

不管你现在遇见了你的第几份爱情，不论你们的爱情有没有防腐剂，我之所以写下这个故事，是想让每一个听程一电台的你知道，真爱从不怕错过，只怕两个人没有拼尽全力努力过。

希望下一次你找我传情，不是挽留也不是忏悔，而是幸福的回味。

愿每一个听程一电台的夜晚，你都有人可想，值得你拼尽全力去爱的那一个；有美梦可做，最甜最安稳的那一种。

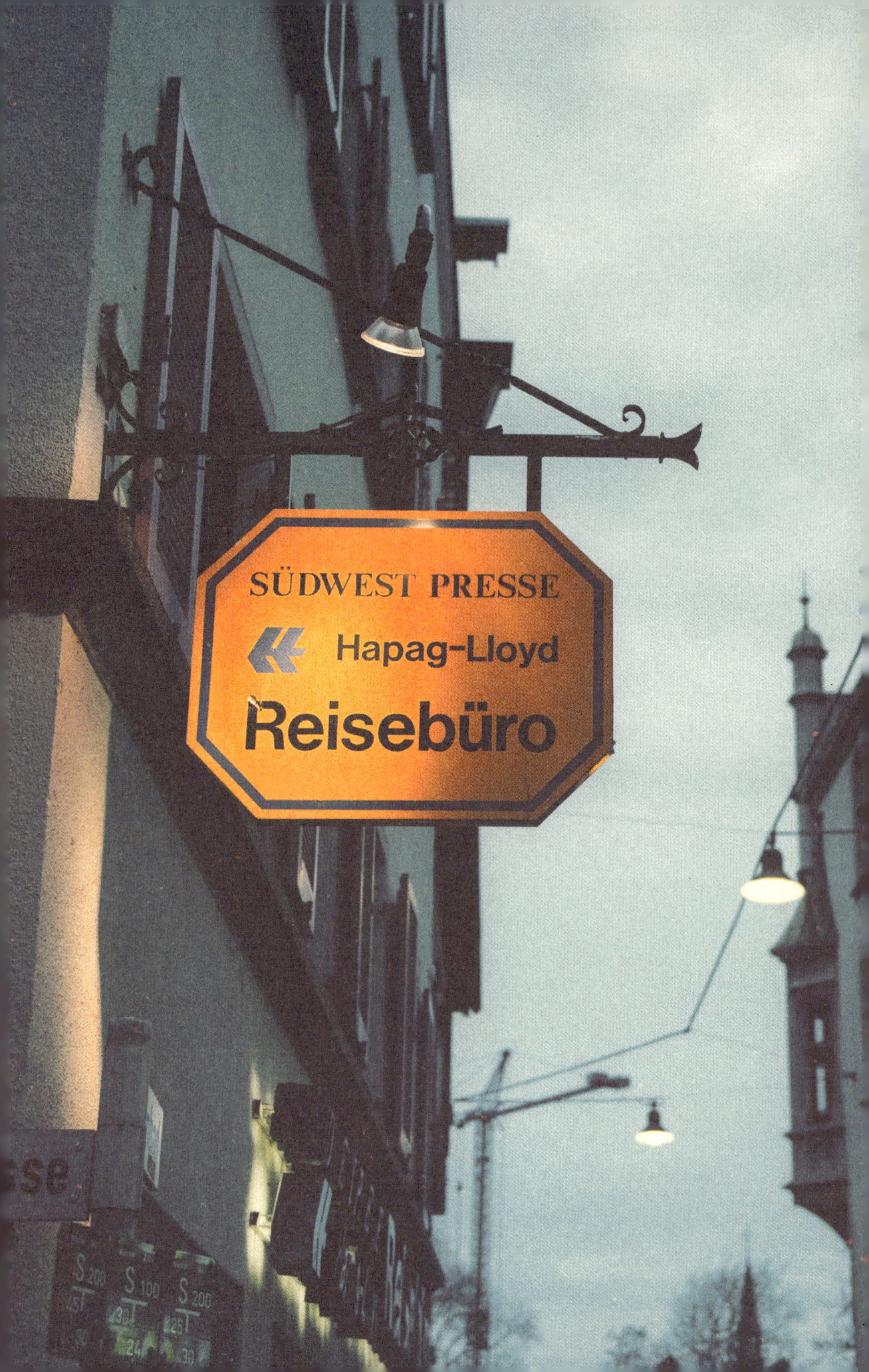
SÜDWEST PRESSE
Hapag-Lloyd
Reisebüro

3

婚 礼 进 行 曲

不负过往，不惧孤独
Worthy Past, Fearless Solitude

"你爱上一个人需要多久？"

"一个眼神就够了。"

"那你确定这个人可以在一起需要多久？"

"一个月吧，我觉得至少要对他有一定的了解，才能决定这个人能不能在一起。"

"那你确定跟这个人结婚又需要多久？"

"那不一定，或许是一年，抑或更久。"

以上这段对话发生在 2017 年我的一档直播节目中，提问正在连线的听众，回答的是频道上其他听众的问题。

"你猜我用了多长时间确定了要嫁给他？"

"一个月？"

"不。"

"不会吧，一个星期？"

"不。"

"那是？"

"三面。"

她的话音刚落，我就听到了频道上不少听众表示，跟我一起倒吸了一口凉气。

这位妹妹，的确是个狠人。

1

　　狠人妹妹有一个非常不狠的名字，叫媛媛。

　　媛媛说她以前并不狠，若不是因为当初经历了被前任和闺密双双背叛，她大概还是个傻白甜呢，相信她爱的男人也爱她，她和姐妹花永远不分家。

　　直到2016年的某一天，比电视剧还狗血的剧情就在她的眼前上演了，她说她永远都忘不了男朋友跟她最好的朋友两个人抱在一起吻得难舍难分的样子，比吃饭吃到虫子还让她觉得恶心。

　　事实上，媛媛当时的确吐了，还吐在了渣男的身上，当时那对男女被她的举动给吓得连叫了好几声，也不知道是害怕，还是因为觉得媛媛吐出来的东西脏。

　　"那也比不上那对男女脏！"

　　同一天，媛媛失去了男朋友，也失去了好朋友，男朋友和闺密合起来给自己戴绿帽，这要是讲出去，自己得多丢人啊。

　　然而更狗血的是，本来是"受害者"的媛媛并不想把事情放大，倒是闺密恶人先告状，把故事改成了另一个版本，变成了媛媛横刀夺爱，自己为爱忍受，但如今觉得自己没必要沉默下去了，想要与媛媛公平竞争。

　　您瞧瞧，这剧本改的，不仅把自己塑造成了坚毅勇敢的女一号，还把媛媛安排成了坏小三。

媛媛从来没有想到过，自己的善良非但没有让对方退出这场尴尬的三角关系，甚至还让自己承担了一些莫须有的谩骂，她着实觉得委屈。

世界上有一种人，见不得别人好过，比如媛媛的闺密，插足在先，诋毁在后，局势一度反转，媛媛来不及治愈失恋的难过，就被迫卷入一场新的折磨，身边人也都不理解她。

可世界从不会亏待任何一个善良的人，不管你信不信，反正我相信，不管现在多难，都一定会有一个人的出现，让你原谅之前世界对你所有的刁难。

故事讲到这里，你一定也跟我一样以为对媛媛来说这个人一定是我，毕竟作为一个情感主播，在很多听众眼里，我都有治愈他们的能力。

但媛媛说不是，嘿，我又自作多情了呗。

媛媛从小就对军事很感兴趣，当别的小孩都在说长大了想要当科学家的时候，媛媛的梦想就是做一名军人。她也曾有过去当兵的念头，无奈硬性条件差了点，后来也就放弃了这个念头，但媛媛一直关注着军事方面的相关论坛，也是在那里，她遇见了那个让她原谅了一切的人。

2

男生叫老魏，与媛媛相隔一千多公里，一个在北京服役的现役军人。

巧合的是，老魏竟然跟媛媛是老乡，秉着多一个朋友不是坏事的宗旨，两人加上了微信。从军事到家乡，从兴趣到日常，只要老魏得空，他就会找媛媛聊天。

随着两个人认识的时间的推移，他们聊天的话题变得越来越多，虽然相隔千里，但老魏的存在，总让媛媛有一种他就在她身边的感觉。

媛媛开始越来越依赖老魏，每天不管发生了什么，她总会打开对话框跟老魏说两句，不管他能不能及时回复，她都会发。比如今天早餐吃了豆浆油条，今晚上班差一点迟到，好在红绿灯比往常都通畅了一点。

自然而然，老魏也知道了媛媛正在经历的狗血剧情。其实很多时候安慰一个人甚至不需要一个结实的拥抱，一句"没关系，我在呢"就够了。

在所有人不理解她的时候，是老魏一直陪着她。

如果你所有的心事都只想和一个人说，说明了什么？小到一片叶子的形状，大到日落西山。你的欢喜忧愁都急切地只想对那一个人说，这说明什么？

说明你恋爱了。就像那段时间的媛媛和她的魏先生。

我曾说过，不要和同一个人频繁聊天，因为时间一长，你会不能没有他，可能是爱情，可能是无聊打发时间，你也不知道。但其实也很好区分，无聊是想找个人聊天，而喜欢是很多人找你，但你只想和这个人聊天。

打字、语音留言、语音通话，在那些媛媛自己都怀疑自己是不是做错了的时候，是那个和她相隔一千多公里的人给了她勇气，坚定地告诉她，不是你的错，你做得已经很棒了。

我问过媛媛，可以陪你聊天的人那么多，为什么就选择他了呢？她打趣说：可能因为第　次视频，我觉得他眼睛人好看了，长得特别像我未来老公的眼睛。

"说正经的。"

"因为在我最难的时候，是他陪我走过来的。就像我听过那么多声音，一直听的只有程一，因为在我最难的时候，是你的声音陪我熬过来的。"

3

"那你们是谁先表白的？"

"他，那天是他的生日，我问他要什么礼物，他说他已经有了，我就是他最好的生日礼物。"

"你是我最好的生日礼物"，这大概是我在那个晚上听到的，最普通也最动人的情话了。

其实我说过很多甜甜的情话，也有很多听众和我说，最喜欢的一期节目是《情话是抄来的，但我爱你是真的》，她们说，每次听我说情话的时候，都有恋爱的感觉。

但我始终觉得，听程一电台的女孩们这辈子听到的最动听的情话，一定是另一个男孩对她说的。我始终觉得能够在夜晚怀揣着满肚子的心事，安静地听电台的女孩值得被一个男孩用全身的力气温柔对待。

但是我答应过，在那个男孩没有出现之前，我会一直陪着你。你不用怕受伤，我一直在。

人这一辈子总该为一个人奋不顾身一次，感受爱情的力量，那种让你有勇气可以和全世界对抗的力量。

爱情的力量到底有多大，大概就是没出过远门的媛媛第一次离开安徽，到一千多公里以外的北京，只为了见他一面。

以前爱得小心翼翼的她，因为他也勇敢了一次。

那是在他们相识半个月之后，一直都在屏幕那头的人第一次变成了触得到摸得着的存在。看着眼前的人，媛媛愣在了原地，一切太不真实了，还没缓过神，一个结实的拥抱让她感受到了属于魏先生的温度。

媛媛笑了，因为在他们见面之前，害怕网恋见光死，害怕和对方想象的不一样，所以约定了，如果相互看对眼了，就互相抱一下。

他在用他们约定的方式告诉她，我认定了。

一串冰糖葫芦，媛媛爱吃的。两瓶矿泉水，媛媛下车前说她有些渴了想喝的。一件粉色女式 T 恤，媛媛的尺码。这些是见面那天，魏先生的装备。一个温暖的拥抱，这是见面那天，魏先生的武器，不需要太多的言语，就让媛媛缴械投降。

我问媛媛，没见过面，他怎么知道你穿什么尺码。

媛媛说，她当时也很奇怪，后来她知道了，是因为他们平时聊天的时候偶尔有聊到，他还写了一个关于她的备忘录，上面记着她喜欢吃什么，不喜欢吃什么。生气应该怎么哄，穿什么尺码的衣服。

所以虽然媛媛没那么喜欢粉色，虽然款式真的很普通，但是一想到魏先生傻傻地向导购员描述自己的女朋友应该穿什么样的衣服的时候，就觉得心里暖得不得了。

4

因为魏先生工作的特殊性，每次见面都要请假，前前后后两个人也就见了四次面，每一次见面的时间也不长，因为军人的休息时间很少。

第三次见面的时候，发生了一件很尴尬的事情。

媛媛在酒店休息了一个晚上，第二天魏先生帮忙收拾整理床铺的时候，看到了床上的血，着急忙慌地抓住媛媛，问她怎么了，是不是哪里受伤了，怎么还流血了？

媛媛脸涨得通红，好像想起了什么，冲到厕所才发现，是姨妈到访。

因为事发突然，没有准备卫生巾，只能是魏先生跑到楼下便利店，临时买了包应急。

媛媛是个粗线条的女孩，和魏先生在一起之后，连生理期都是魏先生帮忙记，提前嘱咐她生理期的前几天忌生冷，提前买好红糖暖宝宝，做好一切准备，媛媛只需要乖乖照做就好。

害怕媛媛着凉痛经，魏先生硬着头皮，拉着媛媛进了街边的内衣店，买了一条保暖的打底裤。

去内衣店的时候他没进去，说男生进内衣店不好，但是付钱的时候，魏先生的动作比谁都快，付钱，拿货，牵起媛媛的手马上走出了那家让他脸红的内衣店。

看着魏先生脸红到脖子根，还是坚定地执行"我女朋友的东西都得我买，我女朋友的身体就得由我来照顾"的时候，媛媛说："那一刻，我想结婚了。"

遇见你之前，我没想过结婚，遇见你之后，我没想过别人。

你一定觉得很不可思议，我也是，从认识到确认结婚，他们只见过三面，但每一次他都把她照顾得很好，他懂她的喜悲，和他在一起的时候她什么都不用担心，满满都是安心。

第四次见面是在过年的时候，这一次不是两个人，而是两家人。在中国人最重视的春节，他们互相见了对方最重要的人——父母。

他一身正装，出现在了约定的地方，她问为什么，他说这样显得重视，而且军人，说到就要做到。

5

2018 年年底他们结婚了，虽然很平淡，但是很幸福。

婚纱是媛媛一个人去试的，这让媛媛颇为感慨。曾经她以为自己要嫁的人跟说好要给自己当伴娘的人走了，虽然狗血剧已经剧终了两年，但一想到当初的事情，媛媛心里还是会有些难受。

好在命运从来都是公平的，如今她要嫁的，是比曾经的渣男好百倍千倍的人，这让她觉得满足又幸福，哪怕是一个人去试婚纱，筹备婚礼，她也觉得没关系。

她说，我们是要一起走一辈子的人，余生那么长，我不介意现在先把他借给国家。

一个人筹备婚礼其实真的很累，但每次魏先生打电话过来问她累不累的时候，她都只会说："不会啊，我在一点一点搭建我们的未来，筹备我们生命中特别重要的那一刻，这么幸福的事情，怎么会觉得累呢。"

听过很多人说军恋不容易，别人的异地恋，至少可以报告自己的行踪，只要有心，一年总能见上好几面，但军人不可以，你不知道他在做什么，也不能去问他在做什么，有的只能是无条件的相信和支持。

在当天的节目中，媛媛还说了一句让我印象很深的话，她说："我会一直站在你的左手边，因为你的右手属于祖国。都说白纱最配的是绿军装。我知道你会回来娶我，会来完成你对我许下的承诺。"

她说我愿意，而她的魏先生此刻早已经听到了她所有的告白，用炙热的眼泪回应她说，我会回来，很快。

故事讲到这里本该结束了，但有一个细节，我忘了跟你们透露，媛媛结婚的时候，没有婚礼进行曲，她播的，是我曾经给她录过的一期节目。能够见证媛媛的幸福，我也感到非常的荣幸。

爱情从来无关距离和时间，真正喜欢的人，第一眼看见就喜欢，再多看一眼就想拥有。

爱情是你们眼神对上那个瞬间的电光火石，是你看见他眼中的自己，才知道原来自己可以笑得这么花枝乱颤，而不是几经比较之后，觉得合适，还可以试试，如果不行，再结束，也没有损失。

从认识到决定订婚，他们只见了三次面。因为她爱的人，是一个军人。

虽然他们见面的机会很少，但每一次媛媛都记得特别清楚，问起每一个细节，她都如数家珍。

她记得他紧张兮兮地拉着生理期的她去买打底裤，怕她着凉，不会觉得陪自己女朋友去逛内衣店有多难堪；记得他带她去吃麻辣小龙虾低头帮她剥虾的样子，记得他一身正装到她家，郑重地请她的父母放心地把她交给他的样子；记得每一个他对她好的样子，记得每一个因为有他而格外美好的瞬间，所以也很想知道嫁给他的那一刻，自己会是什么样子。

　　她小心翼翼，害怕失去。他足够坚定，给足她任何人都给不了的安全感。就像他们每次见面，魏先生都会提前计划好，订哪里的酒店，去哪里吃东西，他准备好了一切，她只要跟着他就好。

　　他总是很体贴，所以和他在一起的每一分，每一秒，媛媛都感觉到安心无比。

　　遇见他之后，她才知道，原来爱情应该是这个样子，他会记得她爱吃什么，不吃什么，衣服穿什么尺码，喜欢什么颜色，所有和她有关的，事无巨细，他都一点一点记在了备忘录里。

　　虽然很多时候他都不在身边，但对于他爱她这件事，她从不怀疑。她一直都知道，身在军营的魏先生有很多身不由己和无可奈何。

　　他一直都觉得委屈了媛媛，不能花前月下，不能朝夕相处，甚至都不能给媛媛一场浪漫的恋爱，更不能在她难过、伤心的时候给她一个依靠的肩膀。

　　可其实啊，爱情有千百种姿态，每个人的爱情都有不同的形状，有人像泥，需要和在一起，我中有你，你中有我，时刻黏腻在一起。有人像树，相互依靠，却又各自往更高的地方生长，但不论多高多远，他们的根都交织在一起，看似分离，其实彼此相依。

　　爱情从来不是别人告诉我们应该是什么样子，而是你遇见了一个人，才知道，原来爱情还可以是这个样子。重要的不是时间，不是地点，是站在你身边的人，TA 爱你，并会给你最好的爱情。

4

恋　　人　　要　　满

不负过往，不惧孤独
Worthy Past, Fearless Solitude

你们小时候都玩过《魂斗罗》吗？那是一款射击类的单机游戏，当初跟超级玛丽一样几乎风靡了一代人的童年。当然，如果你跟我不是一个时代的人的话，那就当我没说。

我小时候特别爱玩《魂斗罗》，我邻居家里有一台游戏机，他经常会喊我一起去玩，刚开始的时候找坑得不好，每次跳崖总是跳不过去，轻易就挥霍掉自己的3条命。我"死"了以后，我的搭档可以选择用自己的一条命来换我的一条命把我复活，也可以选择自己继续闯关。

因为我实在是太菜了，所以邻居经常会选择放弃我继续往前冲，美其名曰是想看看以后的风景，其实不过是为了甩掉我这个拖油瓶。

那时候我就想着，如果有一个人愿意在游戏中牺牲自己的一条命来复活我，那我就一定要跟他做一辈子的朋友。

许多年以后，再提起当初的这个愿望，木子眨巴了半天的眼睛后说："我×，那你不得羡慕死我啊，我每次死大华都会立马把我复活！"

"滚！"

1

木子是我很久以前的一个听众，后来转做了我的线上文案，我们签售会的时候见过一面，小小的个子，干起事情来却是雷厉风行的样子，有回有人偷拍了我戴口罩的照片，她冲上去就把人教训了一顿，吓得人家赶紧删除了照片，也是那个时候，我知道这个小小的身体里住着一个随时爆发的小猛兽。

好在我们平时大多是网友状态，她的行为对我构不成人生威胁。而且我这人爱聊天，和谁都能聊个中华上下五千年，不出一晚上，就能让人家和我掏心窝，把第一次心动、第一次接吻、所有情感经历全部都心甘情愿和我掏心掏肺说出来。

大华就是我听木子说得最多的一个人。俩人一个院子里光着屁股长大的，家里知根知底，两家老爸以哥们儿相称，老妈都是姐姐妹妹叫个不停，按书里正常的套路，搁他俩身上就该是娃娃亲定下来，青梅竹马了。

可偏偏俩人从小除了能合起伙来打《魂斗罗》以外，其他什么都瞧不上对方。

木子的游戏打得其实并不好，跟我一样，每次跳崖必死，但大华说了就是因为她打得不好，所以他才要牺牲自己来复活她，这样才能显示出自己的厉害。

木子听了有些不开心，但更多的是不甘心。所以每次被大华复活，她都咬牙憋气冲到最前面，想要证明给大华看，自己也不是什么省油的灯，无奈悬崖太多，木子的不甘心只能自己咽回去。

没过多久，两个人都成了小学生，大华被没收了游戏机，他们很快就忘记了这款游戏，但依旧打打闹闹，让整个院子都不得安宁。

有一次木子作文考试拿了全市第一，家里高兴得不行，要知道木子从小数学成绩都是个位数上下浮动，其他科目更是不行，唯独作文好一点，好不容易逮着鼓励的机会，老妈早早下班买了蛋糕，还准备带木子去游乐园好好放松一下。

结果大华跑到木子妈妈身边吹了一下耳边风，木子妈妈脸色瞬间黑了下来，拿起鸡毛掸子追着木子满院子跑，后来木子才知道，大华把她偷偷给隔壁班班草写情书的事情告诉了她妈。

那一年木子上六年级，因为大华告密的一句话，被妈妈追着满院子打。

君子报仇，一天都不能等，当天晚上，木子就把大华往女同学课桌里扔蚂蚱，吓得人家姑娘直哭的事情告诉了大华妈妈，理所当然，晚上的院子里响起了大华的惨叫声。

从此两人结下了梁子，发誓这辈子做鬼也不会放过对方。

小镇地方不大，所以两个人幼儿园、小学、初中、高中都是一个学校，上大学都是在本地，共同好友不计其数，发生屁大点的事，对方都能第一时间得知。

每天一起上学一起放学，放在青春期躁动的年纪，总会让人想入非非，从记事开始，两个人就老被调侃是一对，有时候解释不过来，或者拒绝哪个实在难缠的求爱对象，也会顺手拿对方当挡箭牌，免费好用，谁都不介意。

2

两个人第一次冷战，是在木子高二，因为木子的初恋。

初恋对象当然不是大华，是木子班上的一个小混混，学习成绩不好，抽烟喝酒打架烫头倒是样样精通。

那个时候学生都喜欢看古惑仔，尤其是木子这种整天追着男生打打杀杀的女孩子。她说那天值日的时候，看着人家叼着烟，踩着夹板拖鞋，一脸全世界都欠他的样子，就觉得酷毙了，就觉得遇见真命天子了。然后是轰轰烈烈地告白，光明正大地恋爱，可惜的是，木子的初恋，从操场告白到分手，只用了三天。

第三天，大华到他们班门口等木子放学，看见木子挽着一个男生，木子刚说完"这是我男朋友"话音还没落，大华就一个拳头招呼了过去。

因为这事，俩人第一次没一起回家。

和好是在事情发生后的第三天，小混混因为搞大了隔壁班女生的肚子，家长找上门来，被开除了。分手第二天木子就收拾好失恋的心情，用一包小浣熊轻松挽回了两个人的友谊。

初恋在木子这里没有什么难过心酸，甚至让她第一次觉得有大华这个青梅竹马在，其实也挺好的。

从那以后，木子也谈过几个男朋友，分手的理由千篇一律，都是大华说的那句："这孙子连我都不如，你图他啥？"

第一次分手是因为对方正在打游戏，不接电话，木子生理期要买红糖，怎奈对方正在火热对战，连着挂断了木子三个电话，刚结束战斗过来的第一句话就是"你知不知道我都到最后一关了"！

木子二话没说挂掉电话，拉黑删除，忍着肚子痛去大华家，弄了杯红糖水，顺道"不小心"弄坏了他的游戏手柄，并且告诫他，脑子里只有游戏的臭男人是不配拥有女朋友的。

大华连说是是是，您说得都对，手上没闲着，灌着暖手宝给木子热肚子。

第二次分手是因为对方忘记买生日礼物，最后是大华拎着蛋糕和巨型毛绒玩具到她家救场，陪她喝了一夜的酒，听她说了不下一百个生日愿望，其中一个就是，不恋爱没事，暴富就够了。

后面几个有的没的也大多在大华的吐槽下，不了了之。

就这样，年仅24岁，正需要男性荷尔蒙浇灌的木子，有了长达三年的空窗期。

22岁刚毕业那一年，木子怀揣着远大的梦想去了南京，那一年里所有工作不顺心，朋友背地里使绊子，各种糟心事都倒给了大华，因为怕自己的负能量传递给别人，她总觉得不管她多难堪大华都不会嫌弃她。

那段时间，一接通电话木子就哭，一哭就是一小时起步，也没正经解决什么问题，有一次木子说，我都哭成这个狗样了，你怎么也不知道哄哄。

大华说，我越说你越觉得委屈，反正你哭就行了，我听着。

木子说当天晚上她一定是疯了，竟然觉得这么直男的一句话，听起来很暖心，因为他说，他听着。没有什么比有个人24小时为你开机更让人心安的事情了。

这样的时间持续了一年，第二年，大华工作调动，也到了南京。

单身女性总担心出什么意外，而且是一个人住，木子又是个丢三落四的主，出门买水果，把自己关在门外的事情没少干，所以理所当然，家里的备份钥匙寄存在了大华那儿，至少保证有家可归，也防止一个人死在出租屋里没人收尸。

3

挂断电话的木子胡乱扎了一下头发，去厕所洗了把脸。洗头，不可能的，化妆，更加不可能的。

她和大华认识24年，大华唯一一次见她化妆是在毕业晚会上，主持人临时拉肚子，她被拉上去救场，就那一次，被大华笑了整整半年，说她还是好好当男人的好，没事干吗学人家小姑娘涂脂抹粉，脸红得和猴子屁股一样，不知道的还以为是村口唱大戏的呢。

大华说了大半年，木子追着他打了大半年，每次追着打的时候，都要一再和大华强调，你可以夸老娘素颜美，不能说老娘化妆丑，听到没！再瞎说，找不到对象，你也别给我找，都给我耗着，你要是敢找我就去给你搅和黄了！你要是敢背着我找，我就去告诉她，你小时候被小鸡啄过小鸡的事，我看谁家姑娘敢要你，看谁熬得过谁！

迫于木子的淫威，大华在第二年木子生日的时候，昧着良心说了木子素颜最美，木子天下第一美的鬼话。还被强迫着听了木子本命男神许嵩的《素颜》单曲循环近一年，魔怔到只要一到KTV必点这首歌嚎上两嗓子，祭奠自己被木子荼毒的青春。

墙上的时钟嘀嗒嘀嗒走，在木子对着垃圾桶里的香蕉皮垂涎欲滴，肚子已经开始大声抗议的时候，她听到钥匙插在门里转动的声音。木子知道，是大华来了，带着一大袋烧烤和几罐冰啤酒，外带半个冰西瓜。

你没看错，是木子家楼下的烧烤摊，好吃料足够辣，就是不外送，就上楼几步路都不愿意。所以还是需要一个叫大华的专属外卖小哥送上来，鸡心、鱿鱼丝、五花肉、小腰，全是木子爱吃的，再配上一罐冰啤酒，绝了。

"怎么了，姑奶奶，又卡稿子了？"大华边说边去厨房洗了两个玻璃杯，把打开的一罐冰啤酒倒在了玻璃杯里，亮闪闪的黄色配上一层白白的泡沫，是夏天的颜色。

木子接过大华递过来的杯子喝了一大口，后仰靠在了床边，打了一个啤酒味的嗝。"写不出来，我好想谈恋爱啊，灵感都枯竭了，赶紧来个人和我谈个三天两夜，让我感受一下心动刺激，感受一下失恋的痛彻心扉啊。"

"你不是还有灵感缪斯抖森吗？"

"我完犊子了，我现在对着抖森的肉体都精神不起来了！怎么办啊。"

"那你也不能在大街上随便拉个人就谈恋爱啊。哎，慢点吃，谁抢你的了。"

"不然怎么办啊，以前是我妈催我找对象，现在连我编辑都开始催了，我要是这个月月底再交不出稿子，我就要被夺命连环 call 了！苍天啊！赐我一个男人吧。"

大华轻飘飘地来了一句："要不，我试试？"

据木子后来和我说，三年空窗真的太可怕了，可怕到大华穿着一件那么普通的灰色 T 恤和她说："要不，我试试？"她竟然心动了。

"你确定？我们约法三章，只当灵感来源，保持适当距离，一旦不合适，就提前结束。写稿也不能影响我们的革命友谊啊。"

大华说："好，都听你的。"

木子从来没想过，大华这句我试试，说出来鼓起了多大的勇气。

4

在革命友谊升华的第二天，木子和大华正式开启了恋爱试验期。

朋友和恋人区别对待的第一步，从不洗头直接到化一个亲妈都认不出来的妆，不管粉底液多贵，反正是怎么好看怎么来，毕竟也是试验男友，为了找到创作灵感，总要提前进入一下角色才行。

大华倒还是老样子，一件白色背心，一条破洞牛仔裤，就是头发比昨天短了些，更利索了些，脚上的帆布鞋比昨天更白了些。

见面的地方很没有新意地约在了木子家楼下，大华等了五分钟，揣着钥匙不能上楼直接找人的感觉有那么一点难受，但是看到化了妆的木子，穿着碎花小短裙，踩着细高跟缓缓走下楼的时候，大华觉得五分钟值了，甚至他还能等更久。

虽然有点丢人，但他看愣了，嘴巴微张，眼神发直，最终半分钟没说一句话。

"干吗，哈喇子收一收！"这是试验恋爱第一天木子对大华说的第一句话。

"你今天真好看。"这是试验恋爱第一天大华对木子说的第一句话。

作为资深写手，木子看过太多华丽辞藻堆砌的情话，相处这么多年，大华被逼着说"您素颜也是天下第一美"也不知道听了多少遍，这种一反常态地，直接地，一脸认真地，直勾勾地看着你，对你说的"你今天真好看"，乍一被木子听到，那一刻，她觉得新书最经典的台词，有了。

心里这么想，嘴上木子可没放过他，一把拉过他，扭头说了句："得了吧你。"就急急忙忙朝前走了。

恋爱打卡第二站，毫无意外选择了楼下步行五十米就到的咖啡厅。鉴于恋爱关系，木子只点了平时的半份食量，假装矜持，鉴于多年好友关系，大华最终把自己的半份意大利肉酱面尽数贡献给了木子明显就没有填饱的胃。

看着木子吃饱后，开始呆呆的，反应稍显迟钝的时候，大华确认，她饱了，可以进入下一个阶段了。

恋爱试验日的第三个场景，选在了木子家附近一百米的私人影院，放着木子家超大屏的投影不看，跑出来给别人贡献收入，大华表示很委屈，但毕竟"恋爱"第一天，也不能去家里，节奏太快，所以只能默默接受。

到地方的时候，木子才感慨，外面果然没有家里好，两个人选完零食进入房间还要等工作人员过来调试设备。俩人理所当然进入了情侣之间的非正常聊天模式。

恋爱总不能只聊家长里短，这么没有挑战性的问题，第一道送命题，留在了前任，可惜大华没有前任，说出去别人可能都不信，这个 26 岁有房有车有存款的有为青年，是个 26 年恋爱经验为 0 的老处男。唯独一个木子知道的，除了她以外的女性，是大华的相亲对象。所以话题同步到了相亲对象身上。"你上次相亲怎么样？"

"我陪她逛街，逛到精品店，她掉头就走了。"

"为什么？"

"其实也没什么，我当时想起你前一天晚上和我说腰疼，我就想买个垫子给你垫着。"

"你没说是买给我的吧？"

"我说了。"

"好吧，你注定孤生。"但木子心里还是莫名地感到欣慰了，毕竟大华是她最好的朋友，大华不会见色忘友这个事情真的太重要了。

结束了非常没有参考价值的前任话题，工作人员也调试完了设备让木子选片，因为是私人影院，都是上映很久的电影，因为聊到了前任，所以那天选的片子，应景地选了《前任攻略》。

剧情跌宕起伏，有笑有泪，大华还是和以前一样，抱着爆米花桶举了大半场，其间不时在木子探头过来的时候，非常自觉地递上冰可乐，所有流程都和往常他们每一次出门看电影一样，电影也慢慢接近了尾声。

只是在电影的最末尾，当罗茜在婚礼上对着孟云喊出那句"你有没有爱过我"的时候，大华在黑暗中摸索着，抓住了木子的手。

5

故事戛然而止。

"然后呢？你答应了吗？"我急忙问。木子后面的话还没说出口，电话响了，是一个男生。

我没听清楚电话那头说了什么，只看清了昏黄灯光下木子接电话时候的一脸娇羞，一直嗯嗯啊啊，我知道了，又害怕被我看穿，最后急急忙忙说了一句："好了，我会乖。"就匆匆挂断了电话。

从这个平时满口脏话的人说出那句"我会乖"的时候，我就知道，她已经找到那个对的人了。

虽然木子和我说："就试试吧，当朋友用了那么久，也不知道当恋人好不好用。"我说，我打赌，你要当一个30岁的老尼姑的梦想要破灭了。

木子追着我，说我瞎说，一路追着我打到了天安门。

那是我和木子第一次见面，在我北京的签售会上，那时候是第一本书《我想送你一颗黑凤梨》，我们一群人在簋街吃了一整晚的火锅，所有人都喝了冰啤酒，唯独木子的被我换成了常温。

当天晚上我们吃到了凌晨4点，抱着粉丝送的花，我们一直从簋街走到了天安门。我走路快，平时基本都走在最前头，唯独那天我走得慢，因为木子腿短。也是那一次的路上，她和我讲了这一个长达二十五年的故事，绘声绘色，手舞足蹈。

做电台这么多年，听了太多人的情感故事，身边的朋友也习惯有什么情感问题找我倾诉，大家都说我叫程半仙，不送子但说姻缘一说一个灵验。木子也没例外。

在他们确定关系的第二年，我刚好出差去南京，木子尽地主之谊，携"家属"和我吃了顿饭，木子说，她和大华准备结婚了，我问她，之前不还和我说，只是试试吗？

"都认识二十几年的人了，要在一起早在一起了，怎么可能看着你找男朋友，他还那么淡定。现在怎么了？破功了？你不是说全世界男人都死光了，你也不会因为要繁衍后代，继承人类文明和他在一起吗？"

她说："那时候哪知道他背后藏着这么多心思啊。"

我说："那现在呢？"

木子娇羞地低头一笑，说："现在知道了，以前是他给我唱的恋人未满，现在是他教会我恋人要满。"

看着从洗手间回来，下意识就把木子搂到怀里的大华，我就知道，她说的是什么意思了，真正喜欢一个人，就算嘴巴不说，肢体语言也会告诉你，他对你有多在意。

我没告诉木子，那次她来北京见我的前一天晚上，我就收到了一个微博名字叫"木子的大华"的兄弟给我发的很长的一条私信，他告诉我，木子生理期了，让我一定看好她，不要让她偷喝冰可乐和冰激凌。

我调侃他为什么喜欢了这么久还不和木子说，大兄弟练潜水的，挺能憋的啊。

大华那天回我的话我到现在都记得，准备打包发给木子，当作我的份子钱。

大华说："以前觉得她能找到个比我对她好的，也挺好的，后来发现交给谁我都不放心。我知道她不确定，所以在保证她不受伤害的情况下，让她去闯，反正我不急，乌龟都能追上兔子，一辈子那么长，我总能等到她。"

是啊，乌龟都能追上兔子，你凭什么觉得你追不上你喜欢的人。

但是大华忘了，龟兔赛跑的那次，是兔子放水，在到达终点之前睡觉了。

对了，你们一定也很好奇为什么大华小时候打《魂斗罗》总会那么仗义地把木子复活吧。这个问题我问过他，他回我说："因为我想她能在我身边待得久一点啊。"

5

真 相 一 定 会 有 大 白 的 一 天

不负过往，不惧孤独
Worthy Past, Fearless Solitude

有一部叫《粉红女郎》的电视剧，你们都看过吧。小学时我跟我姐抢电视屡战屡败，被逼无奈，只能跟她一起看完了整部《粉红女郎》。

电视剧里具体讲了什么故事我已经不记得了，我只记得，没有男人不爱"万人迷"，也没有男人会爱"结婚狂"。

刘若英饰演的"结婚狂"真的太夸张了！年岁尚小的我，在当时一点都不能理解，世界上怎么会有这样的女人、仿佛她的世界里除了结婚，其他什么事都没有似的。

后来我做了情感节目主持人才知道，"结婚狂"一点都不夸张，她只是没有被好好爱过，所以总是渴望被爱。

而现实中，"万人迷"不多，可是像"结婚狂"这样的女生却比比皆是。

真相就是其中之一。

1

　　我认识真相的时候，还在实体电台工作。我是夜间节目主持人，她是节目编导，天天给我编排一些小三追小四、未婚先孕的花季少女千里寻夫的戏码，一个比一个狗血，但收听率却是一路飙升。由此，当时我俩被称为台里的收听率保证，一度傲娇得不行。

　　真相是我认识的姑娘里少有的"傻黑臭"，又傻又黑脾气还臭，为此我经常调侃她，怕是这辈子都嫁不出去了。这句话对于真相来说绝对是一颗炸弹，真相，作为一个活了二十五年从未谈过恋爱的女生，她最大的梦想就是早日结婚！只可惜别说结婚，她就连牵男生手的机会都没有，纵使这样，真相也从未停止过她的幻想，天天做着泡帅哥的美梦。

　　作为普通同事，刚开始我跟真相其实并不熟，直到一次机缘巧合。

　　我们当时的领导是个中年男子，每天穿着西装打着领带上班，一副正人君子的模样，但实际上，每天的工作除了端着保温杯到处转悠，看谁不顺眼叨叨两句，就是窝在他的办公室里喝茶听歌斗地主，而且是单曲循环的同一首歌，名字我到现在都记得，《白狐》。

　　之所以记得这么清楚，一是他老哼同一句，太过于洗脑。只要不是金鱼肯定记住了。二是因为我和真相就是因为这首歌，变成一条绳上的蚂蚱的。

因为领导喜欢，我们当时的同事为了生计，天天在电台节目里放这首歌。不管什么类型的节目，隔三岔五都能听到那句"能不能为你再跳一支舞，我是你千百年前放生的白狐"。而我做的是一个音乐频道，按道理来说是最好表现的一个节目，奈何在领导开心和听众喜欢我也喜欢之间，我选择了后者，那个音乐风格我实在是接受不了，所以这首歌我一次没放过。

也不知道是不是因为这个原因，每次开大会我都要被领导找茬儿，说我审美有问题，不懂音乐。

国庆假前的大会上，要安排人值班。领导又把我抓了典型，说我不务正业，干了这么久了还不提升自己的音乐品位，连好歌坏歌都分辨不了，搞得他天天提心吊胆，担心被老板骂，要是放《白狐》就没那么多事了。我当即就反驳了一句："我就是有品位才不放的。"

当时办公室极其安静，所以哪怕我小声嘀咕，这句话也准确无误地传到了所有人耳中，当然，这个所有人，包括那个手握保温杯，唾沫横飞的领导。

领导当即气得把他手里的保温杯砸在了地上。还好杯子是不锈钢的，没碎，就是声大，挺唬人的。当下所有人都不敢吱声，只能听到领导气得直喘粗气的声音，谁知道真相这个小妮子没忍住，扑哧一声，笑出了声。

领导一个瞪眼，大手一挥，指着我俩怒气冲冲地说："这个国庆你们俩在这儿值班！"随即散会，留我们俩在原地大眼瞪小眼。

从此我和真相成了难兄难妹，熟悉了，我自然就问了："你这名字什么意思，你一个黄花闺女，怎么就取名叫真相了，你妈生你的时候还没有那句网络热词吧。"

问这话的时候我和真相正在吃羊肉泡馍，她正在一点点地掰馍，头也没抬地和我说："我说了你可不准笑，一般人我不告诉他。"我立马来了兴致，作为一个深夜情感电台主播，这种"小秘密"我最感兴趣了。

"其实也没什么，我妈生我之前饿了两天两夜，没让正经吃东西，一生完我第一件事情，就是拿起我爸放在边上的馍啃了几大口，边啃边嚷嚷'真香真香'。后来我妈带我上户口，人家问她叫什么，她还在啃，一边说'真香真香'，人家听着应该不能叫真香，太随意了，就好心给我输成了'真相'。再后来，我妈嫌麻烦，也就没给我改。"

我没忍住，差点把刚喝进嘴里的羊汤喷出来："敢情你原来是叫真香啊。可以可以，配得上你这一脸吃货样。"

有了秘密，我们自然就比旁人更亲近了。

不过，真相不是省油的灯，非要我也说个秘密，这样互相有把柄，我们才是好兄弟。作为交换，

我把我上学拉二胡和姑娘表白，而且拉的还是《二泉映月》的糗事告诉了她。

她很给面子地嘲笑了我一整个国庆节，并给我安了个别名，程二泉，好在她只在我俩独处没旁人的时候叫，不然我真是丢人丢到姥姥家了。

2

至此我和真相正式结下了"梁子"，对外同仇敌忾，对内不把对方往死里怼绝不罢休。台里其他同事资历都比较老，不是结婚了，就是离婚了，总有家务缠身，就我俩单身，没事就能凑到一起打打牙祭。相处的时间多了，矛盾自然也就多了。

我有洁癖，不能接受我的手机上有指纹，平日里总拿个纸巾，随时准备擦干净，一有指纹我就擦，为此真相没少调侃我，说我一个大男人，玩个手机都扭扭捏捏的。我说她一把年纪了还是"母胎 solo"，有本事自己找个男人叨叨去，干吗总想管我的闲事。

年轻人说话没个轻重，偶尔也有急眼的时候，不过我俩闹得再凶，楼下一碗羊肉泡馍准能了事，这姑娘心大，什么伤心难过的事都不会过夜，第二天准好。

一个人单身久了，真相练就了一身连我一个男人都自愧不如的技能。比如掏马桶、换灯泡，还有喝酒。

真相的酒量非常好，我们台里聚餐经常有人喝多，但只有真相可以坚持到最后，把每个人都送上出租车。每当这个时候，总有人大着舌头说："真真真相……真相是个好姑娘！程……程……程一，你不考虑一下？"

这句话把我吓得一个哆嗦，酒醒了一半，我强打着精神跟真相说："你别听他们胡说啊，我可有我的理想型。不过你也不要着急，真相总会有大白的一天，哈哈！"说完后一帮喝多了的人就跟着起哄，还有人追着说："要不你改名叫大白算了！"

这个时候真相的脸黑里透红，但依旧假装镇定地说："你们说啥呢！程一是我兄弟！"

好一句"兄弟"，救我于危难之中，我对真相的感谢全部都表达到了给她物色男朋友上。只可惜我还没物色到合适的人选，真相就因为跟白狐领导吵架而辞职了，那天真相沉默着收拾完了自己工位上的东西还留给我一句话"后会有期"，然后就头也不回地走了。

真相离职不到一个月，台里给我换了一个新来的节目编辑，每次找的素材都烂到不行，还总让我找不到人，后来一问，才知道她是白狐领导的小侄女。

在领导第 109 次因为我没放《白狐》而在大会上挑我刺的时候，我也因为受不了领导的气，离开了那家电台。辗转了好几家电台，最后我回到河南做了现在的《程一电台》，偶然间和真相联系过一次，她那个时候已经辗转去了北京做编剧。之后便是很长时间不大联系。

3

2017 年，重回北京创业那天，我约了几个好哥们出来喝酒，有人发了朋友圈。第二天中午，真相看见了那条朋友圈，说我们好歹一起做了大半年的饭搭子，真不够意思，质问我为啥吃饭竟然不带她。

我瞬间求饶，说："姑奶奶，咱俩都多久没联系了，我哪知道您真在北京啊。这样，下回，我一定单独请您吃一顿，赔不是，您看行吗？"

"你今晚忙吗？"

"还行，怎么了？"

电话那头笑了笑："那行啊，择日不如撞日，就今晚吧，你定地方，我带我对象来找你，正好你帮我把把关。"

什么！对象！真相这家伙竟然找到对象了！还没等我反应过来，这姑奶奶就把电话挂了，是，这人做事一向干脆利落，办事效率一流，知道约今晚不会影响我别的事情，马上就定。我也不废话了，正好几年不见，都在北京，大家见面聊聊，朋友在一起，大家也好互相有个照应。

我立马发了两家店给她，一家云南菜，一家重庆火锅，真相爱吃辣，她对象我不了解，所以让她选。没两秒，那边回过来："8 点火锅店见！"

好吧，虽然几年不见，性格还是没改，果然高效。

见面的地方是我之前在北京工作的时候常去的一家店，老板没换，和我也算熟悉，特意给我安排了一个小包间，很适合老友相见，吃吃饭，聊聊天。

7 点 55 分，一个长得很像真相的姑娘领着一个和她差不多高还有些微胖的小伙子走进了包间。真相穿着一条一字肩白裙，男生穿着运动 T 恤和牛仔裤，几年不见，真相身上褪去了一些稚气，领着男孩走到我面前，大方地介绍："这是我的好朋友，知名电台主播程一。这是我对象，程序员，大白。"

大白？好吧，我还是小小地震惊了一下，这人竟然真的找了个叫大白的做对象，想不到我当年的一句玩笑话，竟然促成了一桩姻缘，看来我天生就是做情感节目的料。

"您好您好，幸会幸会，我是程一。"

大概是看出了我的疑问，大白淡淡地说了一句："您好，我是大白，因为又胖又白，所以朋友就喊我大白。"

大白操着一口纯正的普通话，口音倒不是很重，听不出是哪里人，大概是在北京待得久了的缘故。我都能想象出，真相第一次知道他叫什么的时候，绝对马上开始星星眼，一脸花痴样，和她见到公司楼下的羊肉泡馍一样，可能还要更甚。

吃饭的时候客套了一两句，就基本进入了正题，毕竟我没忘记我今天的任务，是奉"真相"之命，来帮她把关"未来老公"的。

4

大白是家里的独子，比真相大一岁，前二十二年都没踏出过哈尔滨，和我一样，都是农村出来的孩子。家里长辈虽然没有多大的学问，但是对孩子的教育从不含糊，从来是他想学什么就学什么，能满足的家里竭尽全力满足。

家里对他倒是没有太大的期望，只要平平安安离家不太远就行。于是大白上大学也选了离家近的大学，学了计算机。想着新兴行业，赚得多点。谁知道大学上得不靠谱，也没学到什么特长。

临近毕业，同学都是家里安排了工作，进银行的进银行，回家接手水果摊的也算有个着落。唯独大白没着没落，学艺不精，哈尔滨对程序员的需求又没有那么大，家里就他一个孩子，离开哈尔滨，父母又不放心。

好在一个高中同学主动打电话给他，问要不要去他那儿工作，一天两百，临时工，干销售，表现好的话可以转正，还有提成，离家也不算太远，在边上的一个小县城。大白一听，临时工总比无业游民好啊，第二天就收拾包袱投奔了同学。

谁知道，到的当天就上交了手机，完全封闭式管理，每天带到一个和大学一样的宿舍，带着上课培训，每天吃的连猪都不如。原来所谓的销售是传销，两个高中同学都是已经被传销组织洗脑了，现在正在把自己的亲朋好友往里带呢。

　　大学刚毕业就被高中同学骗进了传销组织，这种倒霉事竟然被他给碰上了。坐等被洗脑也不是长久之计，硬逃也只有被抓回来毒打一顿的份儿。大白每天都在找准机会出去，但看管得太严，硬是熬了一个多月才逮到机会。

　　在吃了一个多月的水泡烂白菜，上了一个多月的洗脑课之后，大白谎称自己奶奶身体不好，明天是要做手术的时间，才拿到手机，趁管事的不注意，往家里发了求助短信。

　　庆幸的是传销组织的窝点，离老家不是太远，家里找邻居借了车，驱车赶了一整夜，第二天中午终于和当地警察到了窝点，从传销组织那里，把还剩半条命的大白带回了家。

　　由于这个插曲，大白不仅丢了工作，就连大学打工兼职存的几千块钱也给了父母，付了麻烦邻居开车来回帮忙跑的钱。一穷二白，没工作没存款。一咬牙，大白找家里借了两万块钱，上北京报了个就业培训班，开始了北漂之旅。

培训三个月，学费 15000 元，剩 5000 元，要在北京死磕三个月。在大白交完房租兜里还剩 3200 元的时候，他认识了真相。

　　两个人是在网上认识的，被各自的朋友拉进了一个"美团外卖红包交流群"，基本不聊别的，只发美团外卖红包。平时大多是屏蔽消息的状态，每次点外卖之前进去领个红包，一顿也能省下来几块钱，对于吃了上顿没下顿的穷北漂而言确实很需要。于是群里也有人笑称这群应该改名叫"穷北漂聚集地"。

　　有阵子美团红包是有规定第几个人领的红包最大，真相嘴甜，每次都能哄得大家帮她点红包，久而久之大家也就熟悉了起来。

　　好友是真相主动加的，源于某一次大家聊到中午不知道吃什么，求推荐的时候有人 @ 了大白，说大白你中午吃什么？

　　大白？真相一看眼睛都发亮了，世界上竟有这种好事，抢红包送老公啊！不过大白的微信名不是本名，不怪真相错过他这么久，了解情况之后的真相哪能眼睁睁看着眼前这块肥肉飞走，马上美其名曰大家互加好友，方便点赞朋友圈领优惠券，实现省钱大计第二步。光明正大地把群里的人都加了一遍，这里面当然包括目标人物——大白。

5

　　加上之后的第一件事，真相就把人家的朋友圈翻了个底朝天。男生的朋友圈都很简单，大白这种一个月能发个一两条的已经非常难得了。这样大的数据库已经足够真相找到有效信息了。

　　头像是一张雪景照，地区显示哈尔滨，应该是他家的照片，恋家的男人，加分。个性签名空白，看来是懒得写。过往经历，接近最底端，有一张军装半身照，啊！他当过兵！我最喜欢兵哥哥了！不过这张没有脸，差评，不过叫大白肯定不丑！

　　吐槽毕业论文难写的时间和真相一致，年龄相仿。感情状况，基本没有无病呻吟的情绪分享，感情经历不明。近半年无任何异性相关内容，近一周还有一首李荣浩的《李白》歌曲分享，配文："什么时候有人选我啊。"信息 get！90% 单身。

　　了解基本情况之后，真相开始了精准的勾搭计划。

　　目标：大白。

　　期限：越快越好。

　　方法：不择手段搞到手。

　　我不知道真相说的"搞"是什么意思，反正结果是他们成功地搞上了。啊对不起，少打了两个字，是成功地搞上对象了。

　　一个预备程序员，一个空窗期编剧，熬夜能力一个比一个强。在经历了七天没日没夜的微信文字、微信语音、手机电话等各类通信的深入交流之后，两人见面了。网友见面大多见光死，更何况是他们这种连照片都没交换，上来就直接见面的。

席间我问："你俩见面之前有想象过对方长什么样吗？"

真相说："想过，他这算超出我预期的，毕竟在我这里，只要你叫大白，就成功了一大半。"

大白毫不遮掩地说："看过。"

真相瞬间炸毛："什么时候看过，我记得我加你好友之前，所有照片我都设为仅自己可见了啊。"

大白一副看二货的眼神看着她说："我是程序员，你那个微信号后面明显就是QQ号，有了QQ号就能进QQ空间，谁上学的时候没往QQ相册传过几张45度角自拍照？"

为了结束初中黑照历史，我只能硬往下聊："那她本人符合你的择友标准吗？"

"和她的回答一样，超出我预期，我以为是初中那个黑妞，现在好看很多。"

真相哭笑不得，虽然对象夸她好看是件值得高兴的事情，奈何比较级是过去的自己。好吧，能怎么办，已经谈了。后来呢，两个人非常投机，"一见钟情"的人厮混到了一起。

那顿饭吃得很慢，我和真相太久没见，又都是健谈的人，尤其是在真相喝了半杯酒之后，话变得格外多，好在我和大白一个眼神，彼此心领神会，趁她不注意，大白偷偷解决了剩下的半杯酒，换成了可乐。

席间大白很少说话，大部分都是我和真相在说。真相这人虽然爱喝酒，但熟悉她的人都会让她少碰酒。她属于那种半杯酒变话痨的神奇生物。

半杯酒下肚，真相马上发挥了她的话痨属性，恨不得和我把她这几年的见闻大大小小全都聊一遍。大到她找工作被骗钱，小到她坐公交车被熊孩子踩了一脚，一直从当初我们俩工作离职后，聊到她和大白如何顺利完成苟且之事，要不是大白在边上坐着，脸已经开始青一阵红一阵了，我非常有危机感地把话题岔开了，恐怕这个小傻子，就要和我说某些不可描述的片段了。

从 8 点吃到了夜里 11 点，直到老板说要打烊了，我们才被迫离开那家店。在店门口等车的时候，喝了酒的真相满脸通红地窝在大白怀里冲我傻乐，她说："程二泉，我找到我的大白了，谁说我找不到的！姑奶奶我找到了！"

大白冲我点点头，一脸我媳妇是傻子，您别见怪的神情。两人上了车，真相还隔着玻璃，冲我一个劲地招手："程二泉！下次我们请你！"

一顿饭下来，总的来说，除了大白时不时会蹦出一两句逗真相的话，惹得她总想拿小拳头捶他胸口以外，还算和谐。

6

第二天中午，我估摸着真相这会儿也该清醒了，马上开始了对她的微信轰炸。"你看上他什么了！！！"我发誓我对程序员没有任何偏见，就是觉得两个人确实性格相差有点远。

"怎么样，我找的大白仙风道骨吧！"

"你疯了吧，仙风道骨是你这么用的吗，你是想恋爱想疯了吧。"

"哎呀，你别看他见你挺含蓄的，我俩刚确定关系的时候，他那个情话说的，连我这种老司机都脸红心跳到不行。"

"哦？我不信，你说出来让我开开眼。"

情话？我好歹也是情感主播，什么情话我没听过，更何况真相这种人，在我们上班那会儿，可是会和男同事分享日韩小电影的人，她脸红？抱歉，我不信。

"比如说，有回我俩聊到小时候，他说他上学的时候在超市抽奖，中了一台笔记本电脑，我说我从小到大连再来一瓶都没见过，你太幸运了。你猜他回我什么？"

"什么？你赶紧说。"这很普通的聊天啊，能有什么，难不成说，没关系我也可以送你一台，这姑奶奶是被一台笔记本收买，拜倒在金钱之下了？

"我说他运气真好，他说，当然，不然怎么遇见了你。"

"？？？"听听，这是人话吗！我作为一个情感主播我都说不出口啊！"他不是程序员吗！程序员不是只会写代码不会哄女人吗！"

"你先听我说完。还有一次，他打电话和我说，他说他家进贼了，我说那你赶紧看看，有没有弄丢什么重要的东西啊。你猜他说啥。"

"我不想猜，你给我个痛快吧。"经历了上一次，我觉得我已经不能用常人的逻辑来推断大白的思维方式了。

"他说，所以我立马打电话给你了，最重要的没丢，没事。"

"什么意思？"原谅我没听懂。

"就是，最重要的是我，别的都不重要，丢了就丢了。"

"……你们一直都这么甜吗？"

"没有，分了两次手，这是又和好了。"

٦

性格不合的人，一定会有摩擦，真相和大白就是。

真相作为一名文字工作者，又是双子座，每天脑子里想的都是男主"壁咚"女主、女主为男主殉情的戏码，总觉得谈恋爱就应该轰轰烈烈昭告天下，要像他们七天就恋爱的速度一样轰轰烈烈，一样戏剧化才行。奈何对方是个闷葫芦，刚恋爱的时候情话信手拈来，越熟悉越发挥老夫老妻的特质，信奉平平淡淡才是真。

真相要说爱，要秀恩爱，每次都被大白婉拒，以至于她一度怀疑他是不是"海王"，准备在外面养别人的狗，要对外维持单身的形象。

但是一想到他一个程序员，除了上班，基本上所有的时间都给她了，又觉得这种念头简直自己都觉得可笑。

更何况连大白自己都说过，谈恋爱之前，他的世界只有电脑和大饼，电脑为了赚钱，大饼为了饱腹。恋爱之后，他的世界只有电脑、大饼和真相。

但放心是一回事，没有激情又是另一回事。真相对爱情有各种幻想，爱情可以是酒精，让人飘飘欲仙；可以是可乐，满是气泡，能让人瞬间精神。而大白给她的，是白开水，还是温度刚刚好的那种，虽然养生养胃，但是寡淡无味。

我不止一次听真相说过他轴，直白得可怕，不懂得拐个弯说句假话哄她开心。他从不会送她玫瑰花，却会在真相说早上想吃鸡蛋的时候，第二天就给她买个煮蛋器，真的只能煮鸡蛋的那种。

别人谈恋爱收鲜花包包巧克力，真相收 U 盘硬盘智能键盘。每次真相收礼物都哭笑不得，就算她是真的需要，那也不用这么实在啊。

我也很疑惑，既然他这么不解风情，两个人也闹了分手，兜兜转转一大圈，为什么还能复合。

真相说他们前两次分手从来没有超过一星期，而且两个人刚谈的时候，就有过约定，一定不要轻易提分手，所以前两次分手也只是说了"分开""给你自由"这种闹别扭的话。

基本上分手当晚，她就发一条仅大白一个人可见的朋友圈，大白会假装看不见，给她发一条很长很长的短信，不是正面回答她的问题，只是告诉她最近自己在忙什么，每次真相都能帮他找到借口。

第一次分手，是真相发现他半夜竟然在和女生打游戏，一气之下，说了分手。结果发现那个微信上叫喵喵的女生是大白家里刚上初中的小侄女，周末放假在家里，才能放松一下。

第二次分手，是真相一晚上没打通大白的电话，再联系上是第二天中午，大白也没给她一个合理的解释，只是支支吾吾，避而不答。结果是因为那天大白丢了工作，整个部门解散了，大家一起吃了一顿散伙饭，酒喝得多了点，不想让真相知道了胡思乱想，就近去了一个哥们儿家。真相知道后又后悔，又心疼，立马复合，顺道回家熬了一锅爱心养胃粥，两个人重新腻歪到不行。

之后的很长一段时间，真相也经常在我们的群里分享她和大白的恩爱事迹，鼓励我们群里几个单身狗抓紧时间尝试恋爱的酸臭味。印象最深刻的是，真相说大白好像准备向她求婚了，戒指还是专门找朋友设计的，用的易拉罐拉环的概念。

我们当时群里高兴得不行，一群单身狗里终于出了一个谈恋爱的已经够激动的了，现在直接要开始上演求婚这种戏码了，当下激动得想要放鞭炮庆祝一下。

真相也难得娇羞着地说，如果结婚，一定要请大家去。份子钱和人，一个都不许跑。好吧，后半句，我假装没听见。

8

不知道我们那个群真的风水不好还是怎么了。在"拉环戒指"事件之后，真相每次给我们发放狗粮的时候，都没以前那么兴奋了，不是那种得到一样宝贝，恨不得跑到大街上和每一个认识的、不认识的人分享一番的兴奋了。

"你们男人真的连说几句骗女人开心的话都不会吗！"

"婚前同居有什么不好的啊，住一起我们不是还省房租了吗！"

"让他发条秀恩爱的朋友圈怎么就那么难呢！"

问题越来越多，真相的情绪也越来越低落。分手的气球越吹越大，终于到了破裂的那一天。

"我们分手了，这次是真的。"真相在群里说。

有人说，事不过三，分手一次是情趣，分手两次是打闹，分手三次，

这段感情基本上就被判了死刑了。

真相宣布她恢复单身的那一天，我和几个在北京的兄弟姐妹，怕她第一次谈恋爱就这么壮烈结束的打击太大，把她从出租屋拉出来撸串喝酒。也没敢问，两个人怎么就分手了，明明半个月前，还和我们说，准备了"拉环戒指"准备求婚来着。

半杯酒下肚，真相开始边哭边闹，嘴里一直叨叨："为什么不懂我，为什么就是不明白，说句爱我就那么难吗？"

大家也基本明白了是什么问题，绕来绕去还是那个问题，大白会和她说情话，但是恋爱一年半，从来没和她正经说过"我爱你"这三个字。

而真相虽然是个工作狂，但是谈起恋爱来，还是那种要哄要亲要抱抱的小女生。

那个晚上真相一直在嘟囔，还坚持要自己打车回家，我们在当晚电话确认她安全到家之后，倒也没有过多过问，以免提及伤心处，再一次揭开她的伤疤。

听说第二天真相就跟着新剧进了剧组，没空想失恋这档子事，真相这人虽然平时疯癫，但是工作起来六亲不认，偶尔在群里冒个泡，倒也看不出分手多伤心难过。

只是有个晚上，她偷偷私聊我说，每天一忙完躺在床上，她就会抱着手机哭，看着他们的聊天记录哭，看他们仅有的几张合照哭。

她还是发了一条老长的仅对大白可见的朋友圈，也不知道为什么，大白这一次没有像以前一样回复她一条很长很长的短信了。

她每天一空下来就会点开大白的朋友圈、微博、QQ 空间，生怕错过一丁点和他有关的消息，却又拉不下面子来问为什么不主动联系她。

"你说，他是不是真的不要我了？"

真相说这话的时候，是半夜 12 点，我刚下直播，看到屏幕上的一行字心里咯噔了一下，真的是再逞强的人在爱人面前都是弱小的啊。

9

本以为真相和大白的初恋就要在两个人互相拉不下脸面主动联系之后，无疾而终了。谁知道在真相进组的第五天，大白朋友圈晒了一张照片，让真相瞬间炸毛，买了机票就往北京赶。

朋友圈是这么写的："你是我一生都不能修复的 bug。"配图，一张戴着戒指的手，一看就是女生的手，乍一看还和真相的有点像，戒指就是真相上次和我们说的，拉环戒指。

"大白这个狗东西，竟然拿要给我的戒指和别的女人求欢，我要怎么办！"这是真相在群里发的一句话。

怎么办？我已经感受到我的钱包要为她的失恋买单了，肉开始隐隐作痛。谁知道真相竟然接着说："要不我去抢亲吧！他这个人这么轴，别人肯定受不了他，不如我替天行道，收了他，让其他人免受人间疾苦！你说好不好？"

我……我可以说不好吗？"你们不是已经分手了吗？"

"分手怎么了，离婚了都有复婚的，分手凭什么不可以复合，反正又不是第一次了。"

我被她一句话噎到不行："虽然话是这么说，但是……"

"没什么但是，就这么说定了！我们去抢亲！"

电话挂了……留我一个人在风中凌乱，我刚刚答应了吗？

这个年头，真的还有抢亲这种狗血剧情吗？不过想象是美好的，现实是骨感的。想象是我带着真相，轰轰烈烈地搞砸大白的婚礼现场，让真相成功抱得美人归。事实是，抢亲没抢成，我差点被当成小三遭受一顿毒打了。

真相跟的剧组在横店，最快的航班回北京也要五个小时后，为了不让她口中的"狗男女"行苟且之事，我被安排做了冲锋兵，先去大白家守着，看着他，不让他犯下什么不可原谅的错误。

我到大白家是在一个小时后，赶上周六，大白开门看到是我的时候显然很惊讶，毕竟我俩连个微信好友都不算。

我也不能和他说，我是来捉奸的，只能随意找个蹩脚的理由："真相说她有东西落在你这里了，让我帮忙拿一下，她晚点到，我能到里面等吗？"

大白眉头瞬间皱成了一团，但出于礼貌，还是侧身让我进去，在沙发上等着。两个大男人坐在一起，又不熟，着实尴尬。

在我把他们家的七瓣多肉反反复复数到第十八遍的时候，大白终于开口和我说话了，语气算不上友善，隐约还能感受到一点敌意："周一晚上是你和她喝酒的？"

"对啊，她好像喝多了。"我和他前女友喝过酒，还是一群人一起喝的酒，应该没什么吧。

但是为什么他的眼神感觉要把我杀了。

"她一般不和外人单独喝酒。"这句话我确认不是错觉了，他是咬牙说的。

"我不是外人啊，我们以前经常在家里喝酒。"说完这句话我就后悔了，大白好像要动手打我了。

"你们？在一起了？"

"啊？什么鬼，我们怎么可能，我俩是兄弟啊，你别闹了。"我做错了什么，他竟然会误会我和真相搞对象？不会是想给自己分手五天就寻新欢找借口开脱吧。

"倒是你，朋友圈那个照片怎么回事？"

"我求婚成功了，虽然她喝醉了。"

"你们才认识五天你就求婚了？"

"什么五天，我和真相都认识三年零五天了啊。"

"等一下，你是说……那个照片里的手，是真相？"

"不然呢？"

我玄幻了，马上打开手机翻出那张照片，放大放大再放大，果然，左侧手腕上有一颗很小的痣，是真相没错了。

"不可能啊，如果是她，她怎么自己都不知道是她，还让我来抢亲！"

"你打电话问问她，让她看看背包内侧口袋有没有一枚戒指，我怕她睡觉乱甩，放在夹层里了。"

不是吧，真相这人已经糊涂到连自己的手都认不出了吗？求婚还带忘的？

10

看了一下时间，这会儿应该还没登机，我抓紧时间给真相打了电话："姑奶奶，你背包在你边上吗？"

"在啊，怎么了？你到大白家没有，狗男女有没有干什么龌龊的事！"

"你先听我说，打开你的内侧夹层，看看那里面是不是有个戒指？"

"等我一下啊，哎？这个戒指怎么在我这儿！"

"你那天喝完酒回的是你自己家吗？"

"不是啊，我们喝酒那天，我好像打电话给大白他没接，我就跑到他家把他睡了，第二天早上导演让我赶回剧组，我没和他打招呼，就回去了，之后我们基本没什么联系。"

"姑奶奶，你们自己解决吧，那照片上的手就是您的猪蹄，您被求婚了，你清醒一点。"

我把手机递给了大白，我不想搅和这个事了，太尴尬了，什么捉奸，什么抢亲，真相绝对是写狗血剧写多了，竟然弄出一个这么大的乌龙。

说什么大白拿着给她的戒指和别人求欢，男人抢不回来，戒指也要抢回来。而那枚戒指，就躺在她背包的夹层里。配套的还有一只手镯，内侧刻了一圈英文："The truth will come out one day."真相一定会有大白的一天。

她的大白要结婚了，不是前任，是现任。新娘就是她，不是别人。

大白嘴上说不愿意同居，其实是怕婚前同居她的父母不同意，求婚成功的当天，他就在真相公司附近找好了新房子，只等真相搬进来。

大白没有给她发短信，是因为当天晚上真相就不争气地跑到他家，哭着说自己再也不闹了，大白还趁机求婚成功，都已经是夫妻了，自然就觉得真相只是跟剧组太忙没空联系他了。

虽然大白死鸭子嘴硬，但该做的一件没落下。真相为他放弃了自己喜欢的综艺，学着在两个人空余的时间陪他打一两把游戏。工作的地方距离太远，没有时间陪伴对方，大白就为她放弃了中关村的码农聚居地，来了她在的朝阳区。

原来爱一个人真的不需要时常挂在嘴边，还可以默默放在心上，万事以她为先。

真相和大白结婚了，结婚的那天真相发了一条朋友圈：真相终于等到大白了。

11

如果你很喜欢很喜欢一个人，你会选择说，还是不说。

有人会说，因为爱就要大胆说出来，你不说，他怎么知道。

有人不说，因为爱不是说说而已，如果爱要说出来，那哑巴怎么相爱？

所以真相要说，因为如果不说，她怕眼前的这个人感受不到她的爱。

所以大白不说，因为他怕言语太过苍白，不如行动来得实在。

如果有人问我，爱情中，最重要的是什么，我会告诉他，是懂得。懂得对方的心意，也懂得对方的不容易。

每个人都是独立的个体，经历不同，见闻不同，观念自然也有不同，世界上不可能有一遇见就完全契合的两个人。能够走到最后的，一定是相互懂得的人。

因为懂得，所以信任。

因为懂得，所以珍惜。

因为懂得，所以相守。

每个人对爱的理解都不同，世上有七十亿人口，就有七十亿种对爱情的理解，说与不说，说多说少，每个人都有自己的标准。

理解不了对方表达爱的方式，那就是三观不合。

理解得了对方表达爱的方式，那就是彼此懂得。

打败爱情的因素有那么多，父母不同意，条件不允许，距离太遥远，时间太漫长，甚至有可能因为我吃咸豆花，你偏偏要我喝甜豆花而分手。不能彼此理解的感情就像泡沫，轻轻一碰就破。

如果你们互相懂得，泡沫就会变成铜墙铁壁，刀枪不入，油盐不进。真正相爱且能够互相理解的人，没有什么熬不过去的，就像真相和大白。他们一个爱说，一个不说。爱的方式不同并不影响他们相爱。

现实中像真相这样的女生其实很多，她们渴望被爱，却总被拒之门外。

曾经我们的同事都以为真相喜欢我，所以总是开我们的玩笑想要撮合我们，但其实真相早就在某一个我们值班的晚上告诉过我，她曾经很喜欢很喜欢一个人，喜欢了他10年，也等了他10年。她以为只要她继续等下去，他就会爱自己，没想到等到了大家都开始恋爱了，他也开始恋爱了，而她却还是一个人。

所以她渴望能够有一个人真心地爱自己，这辈子只爱她一个人。还好这个人来了，曾经她是渴望爱的"结婚狂"，如今她是他一个人的"万人迷"。

我说的吧，真相总会有大白的一天。

女　人　三　十

不负过往，不惧孤独
Worthy Past, Fearless Solitude

无意间听到一首歌，歌词很有意思。

什么时候日子开始飞快

开始会把青春回忆倒带

害怕风吹日晒　害怕路太远

一不小心熬了一夜　三天都睡不回来

昨天的事今天想不起来

坏的习惯通通改不过来

越煽情的电影　越麻木冷感

对新欢不够坦白　旧情难以释怀

喔　我还想诚实地去爱　冲动已经不在

女人三十　告别天使

一辈子都在依赖　却向往自由自在

喔　我还想跟年华比赛　越爱越有姿态

女人三十　完美样子

再不去为了谁　停下来

"女人三十，完美样子，再不去为了谁，停下来。"这句写得真好，我的朋友阿欢就特别喜欢。

阿欢今年 32 岁了，除了爱情，她什么都有。经常有人问她，你什么时候结婚啊？这时候通常她会回人家一句，你什么时候死啊？

问问题的人被她这句话堵得面红耳赤，然后憋了半天才说一句，有你这么说话的吗！阿欢笑得温婉可人，用同样的话回过去，那有你这么说话的吗。

这招阿欢不知道用了多少次，然而如果你能追得上转头就走的她的话，你会看到刚才还在耀武扬威的脸，立马就丧了下去。

"我什么时候才能结婚啊，我也想知道……"

1

有一天我问阿欢："你相信一见钟情还是日久生情？"

阿欢说，小姑娘才相信爱情，像她这种老阿姨，还是信自己比较靠谱。

"如果硬要选一个呢？"

"那还是日久生情吧，'日久'至少证明对方某方面很出色。"

我瞬间关闭了对话框，果然单身久了的女人不能惹，一言不合就开车。

嘴上这么说，其实阿欢骨子里是一个很保守的人，32年的人生里，感情一路通畅，前半段始终如一，后半段空无一人。

别说日久生情了，和男生拉个手，阿欢都要脸红好一阵子。

那个时候我们都没有想到，这种少儿不宜的事情，真的在我们身边发生了，还是在阿欢自己身上。

所以，有的时候话不要说死，以后打脸的机会多的是。

阿欢今年32岁，本职律师，副业声优，我和她就是在一个声优群里认识的，后来知道是老乡，今天她请我喝一碗胡辣汤，明天我请她吃一顿毛肚火锅，一来二去，也就有了共同的圈子。

阿欢是郑州人，家里独生女，相貌才学都很出众。在我还在拉着二胡，学着《二泉映月》，准备和喜欢的女生表白的时候，她已经小提琴十级，出现在学校元旦、迎新等各大晚会上，甚至代表学校去市里参赛了。

学习也是好得没法说，阿欢和我说，她从没考过全班前五之外的名次，一路直接读到了法学博士。最气人的是，阿欢就连恋爱都比一般人更顺畅，整个一个别人家的小孩。方圆十几里，家长们最常教育孩子的固定句式就是："你看看人家阿欢……"

大一时，阿欢参加校学生会，恰巧学生会主席也是郑州人，和她同属法学系，自古学长爱学妹，在阿欢正式进入学生会的第一次会议上，学长就对这个以最高分考进来的学妹刮目相看，一眼万年。

而在阿欢这边，虽然学生会主席没有何以琛那么耀眼，但学生会主席加上学霸的光环，也足够让很多少女动心。

阿欢也不是块木头，虽然比不上学长的"一眼万年"，但是最起码的好感还是有的。于是，在学生会主席长达两个月的猛烈追求之后，阿欢开始了人生中的第一次恋爱。

爱好相同，专业相同，两个人有说不完的话，都是学霸，一个大二年级第一，一个大一年级第一，被同学们戏称为"法学双煞"，羡煞了学校一群单身狗。男女都是才貌双全的人，每次两个人并肩走在学校里都是一道亮丽的风景线。

大学毕业后，阿欢选择继续深造，学长选择提前工作，他说，他要早点赚钱娶阿欢回家。阿欢当然欢喜，在她的人生规划里，她也认为她应该和学长结婚、生子。于是两人为了共同的人生目标，各自在自己的路上奔忙。

学长忙着应聘找工作，阿欢忙着找资料复习备考。阿欢考研复习的时候，正是北京最冷的时候。学长的工作虽然忙，但从来没有错过阿欢的任何一个重要时刻，哪怕不在学校，也把阿欢照顾得很好。

学校宿舍暖气不足，平日里用暖手宝凑合凑合就过去了，可是阿欢体寒，生理期痛经尤其严重，暖气不足，手脚越发冰凉，痛经也就越发严重。偶尔和学长提过一嘴，学长就记在了心上，第一个月的工资一发，就在学校边上租了小公寓，专门给阿欢复习用，暖气不够，就把阿欢冰冷的脚放在自己的肚子上焐着，也不管自己会不会着凉。

阿欢那个时候觉得，这辈子，就这个人了。除了她爸，没有人愿意这样抱着她的脚帮她暖。这辈子就这个样沉醉在他的温柔乡里，好像也挺好。

感情稳定的两个人，在阿欢研二那一年，也一同回家见过了双方父母，男孩上进，女孩努力，双方家长都很满意，让小两口再在外面奋斗几年，就回郑州安个家。

争执是在阿欢决定读博的时候发生的。

学长想着两个人年纪也都不小了，想先结婚，俩人都是律师，双方工作收入也都不少，工作这几年他也存了不少钱，在郑州付个首付，找份律所的工作，轻轻松松还个房贷不在话下。

结婚两年后开始备孕，阿欢也算不上高龄产妇，生完孩子如果还想读书，还能接着读。

阿欢死脑筋，当时就觉得要一鼓作气读到博士，旁人怎么劝都不听。二人为了这个问题没少争执，也红过几次脸，最终学长妥协了，答应陪阿欢在北京读完博士，再一起回家结婚。阿欢也同意了。

可感情向来不是一方一味地妥协，就能换来好的结果。情侣有了隔阂，如果没有第一时间解决，就像是埋下了一颗定时炸弹，随时都有可能爆炸。

因为观点不合，怕吵架，学长没再提过结婚的事情。就连阿欢主动提起以后婚礼的规划，学长也会满脸疲惫地说，到时候再说吧，都还来得及。

转眼到了七夕那天，往年的每一个七夕，阿欢和学长都会一起吃饭，刚谈恋爱的时候两个人都没有什么钱，学长就给阿欢买了一个水晶球，小王子握着一枝玫瑰花，倒置过来，片片雪花坠落，转动底盘，就有音符从水晶球里跳跃出来。明明是冬天更适合送的礼物，阿欢却在看到雪花一片一片落在小王子身边的时候笑出了声，她很喜欢。

阿欢花粉过敏，享受不了999朵玫瑰的浪漫。水晶球这样的刚刚好，于是学长每年七夕都会送给阿欢一个水晶球当礼物，一年不落，不知不觉之间，床头已经摆上了满满一排，八个大小不一的水晶球。

"今年的水晶球会是什么样的呢？"阿欢想想有点好笑，学长去年买了一个雪人的，结果转动底盘响起的是圣诞节的音乐，阿欢因此笑了好久。

阿欢定好了餐厅，在大学边上，是他们上学的时候常去的那一家，她给学长买了一支钢笔当作七夕礼物。和导师请了两个小时的假，阿欢早早地去了学长公司楼下，想要给他一个惊喜，一起吃个烛光晚餐。

终于等到6点学长下班的时候，却看到学长牵着一个女孩走了出来。女孩长相很甜美，应该比阿欢小个几岁，笑起来眼睛弯弯的，一脸崇拜地看着学长，一副小鸟依人的样子，那是阿欢这辈子都不可能有的样子。

"老公，我们晚上去吃什么呀……"女孩的声音不大，但是阿欢听见了，是那种软糯的南方口音，和阿欢的御姐音全然不同。这样的女生，应该会让男生很有保护欲吧。

可是刚刚，她叫他，老公？

阿欢愣在了原地，当下忘了应该冲上去质问学长，怎么可以脚踩两只船。她满脑子都是，这个女生怎么可以叫他老公？

呆了好几分钟，直到在路边等车的学长和女孩搭车消失在视野里，阿欢才回过神来，摸出手机给学长打了一个电话。

"嘀……嘀……嘀……"三声了，那头没有接。

她想起之前看狗血偶像剧的时候，演到女主说她打的电话，不管对方在做什么，一定要在响第三声之前接，男主说好。

阿欢说这人真矫情，学长还说谈恋爱就应该这样，往后果然每一次阿欢打电话，他都是秒接，从来没超过三声。

"嘀……嘀……"阿欢从来没有觉得，等一个人接电话的这几秒是这么漫长。

"对不起，您拨打的电话正在通话中……"机械的女声从听筒中传了出来。

挂了……他把电话挂了。

"嘀……"微信弹窗显示他来了一条消息，"宝宝对不起，临时有个合同要看，不能陪你过七夕了"。

合同？和女同事边玩夫妻扮演边看合同？不怕玷污了法律吗？

"那你什么时候回家？"阿欢突然觉得好累，不想吵，也不想闹，就这样吧，只要他回来说清楚就好，她就要一个结果。

"叮！"那边很快回了过来，"大家都在这儿加班呢，不知道要到什么时候，你吃完饭早点休息，困的话就先睡吧。爱你。"

阿欢想不明白，这个人是怎么在怀里搂着另一个人的时候，给她发出这样的话，打出"爱你"这两个字的，那个女孩知道她的存在吗？他也会叫那个女孩宝宝吗？他也会和那个人说"我爱你"吗？他也会在那个女孩觉得冷的时候，把她的手脚揣在怀里，只为了让她暖和一点吗？

阿欢觉得眼睛有些发涩，想要哭，但是一想到那个和她同床共枕的人，还和别人做过同样的事情；躺在她身边的时候，可能也在和另一个女孩说着"爱你"，她就觉得恶心。

那种感觉就好像自己的棒棒糖被别人舔了几口，自己全然不知地又吃了好几口。阿欢觉得胃里一阵一阵地翻腾，只觉得难受。

2

　　他有别人了，这是摆在阿欢眼前的血淋淋的事实。这个说要娶她回家的人，牵了别人的手。

　　阿欢想胡闹，但是理智让她冷静，他们的感情太过顺畅，除了谈论婚期那一次，从来没有闹过别扭，她甚至都不知道要怎么和他吵架。

　　她做不出泼妇骂街的事情，也不可能跑到他们去的地方大声质问，为什么要这么对她。

　　他其实可以直接告诉她的。如果他说要分手，阿欢一定会同意的，她从来学不会挽留，她的骄傲不允许。但是他没有，他没有分手，在她还在想着毕业就结婚的时候，他已经和另一个人开始了新的恋情。

　　阿欢越想越恶心，二话没说，给学长的妈妈打了一个电话，说了抱

歉，"阿姨，对不起，这辈子我没有办法做您的儿媳妇了"。然后收拾了最简单的行李，去了闺密家。

　　那八个水晶球整整齐齐地摆在床头，没有倒转、没有旋转，一片寂静，和他们的爱情一样，连结束的时候都是悄无声息的，毕业时说的那句"我要早点赚钱娶你回家"就像一句笑话。

　　没有当面说分手，八年的默契，已经足够让对方了解到自己的意思。

　　微信删除、拉黑，阿欢分手比考试填答题卡还要干脆利落。学长的电话，也在阿欢收到那一条只有"对不起"三个字的短信之后，被拉进了黑名单。

　　那天，阿欢的头像换成了黑白色调，分享了一首好妹妹的《谎话情歌》，歌里有那么一句"总有一天我会背叛你，哪有什么不分离"。

　　八年长跑被人捷足先登，第一次以为会天荒地老的恋爱却变成了头上的青青草原，阿欢表面波澜不惊，内心却早已风起云涌。

自此以后，阿欢不谈感情，只谈工作，对所有异性的示好嗤之以鼻，尤其是那种幻想用甜言蜜语打动她的，只要敢有一句话不得体，下一秒就会躺进阿欢的黑名单。

"男人没有一个好东西"成了阿欢的人生信条。

在我加上阿欢，刚和她说了一句"你好"和她打招呼的时候，她就给我发了一句："搞事情可以，搞对象不行。"

我真是哭笑不得："我看起来就这么饥渴吗？"

"你要听实话吗？"

"当然。"

她毫不犹豫地回了我两个字："是的。"

好吧，我认输了，我从来没有想过有一天，我会一开口就被人讨厌，只是因为，我是个男人。

但是在我表明来意，再三表示只是想和她交流交流配音的经验，绝不敢对"前辈"有任何非分之想之后，我们才开始了正常的交流。

3

"你们有没有在哪一个瞬间感受过心动？"

深夜最适合聊情感话题，一天夜里，我辗转难眠，在群里用一个问题瞬间炸出了一群没有睡的熬夜党。

"工资进账的那个瞬间，我心动了。"

"舍友不辞辛苦给我送厕纸的时候，我心动了。"

"我今早坐地铁的时候，心动了。"

"一把年纪了，对啥都动不起来了。"

…………

等一下？坐地铁的时候，心动了？这句话是阿欢发出来的，大家好像嗅到了一丝八卦的味道。

架不住群众八卦的好奇心。阿欢说她一定是疯了，怕不是单身这些年，想男人想疯了，挤个早高峰，遇见一个稍微高一点的，稍微帅一点的，自己竟然有被"壁咚"的心动。

稍微高一点，稍微瘦一点？这么模糊的描述？我们可不能被这么轻易打发了，纷纷闹着要还原事情真相。

"就今天早上，早高峰你们懂的。我一个没站稳，摔人家怀里了，我身高1米65，踩个高跟鞋，1米7了，他比我还高一个头，然后尴尬的是，我头哐当一下磕到人家下巴上，我抬头看的时候，他下巴都红了……"

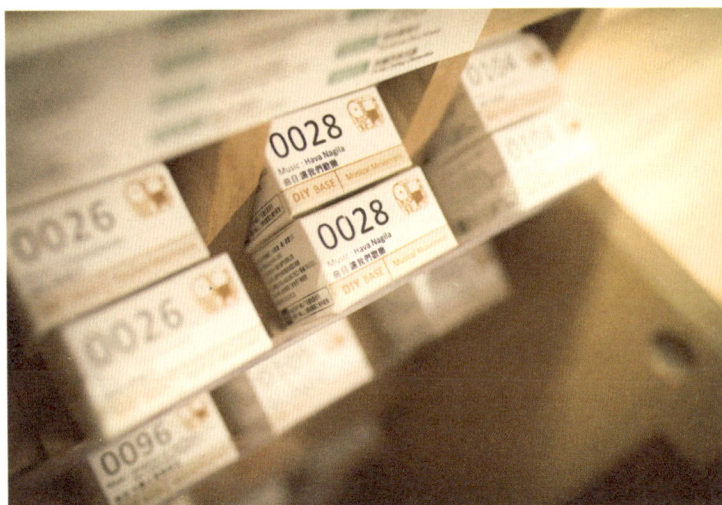

　　然后呢然后呢？这种吃瓜的时候，我们怎么可能错过，更何况还是阿欢这种万年不开花的铁树的瓜。

　　"这还不是最尴尬的，最尴尬的是我和人家说对不起，连忙往后退，准备从人家怀里出来的时候，发现我的耳机线缠进他的书包拉链里了……"

　　然后呢？然后呢？果然听八卦是男女老少都感兴趣的话题。

　　"然后……我又往人家怀里摔了一次，这一次，还是下巴。"

　　好吧，看来帅哥的下巴不是做的，这么撞两次都没有出什么问题，天然帅哥认证！

"然后我们俩就以一种非常尴尬的姿势，在地铁上解耳机线。"

我想象了一下，嗯，画面应该很美妙。

"后来呢？你撞了人家，不以身相许吗！"

"后来解开了，到站了，我就下车了。"

好吧，我好像知道为什么阿欢会单身这么多年了，这压根儿不是没有桃花，而是递到她手里，她都会打个喷嚏，感慨一声春天来了之后，把桃花随手扔进垃圾桶。

"你就没回头看看人家吗？你就这么放任一个被撞伤下巴的帅哥一个人待着吗！"群里的女同学不淡定了，不带这么暴殄天物的。

"帅哥真好，都不找你要赔偿……"嗯，我也觉得。

人生尴尬之事有一就有二，有二就有三，阿欢一天集齐了。

事实是，她回头了，而且是一步一回头的那种，眼睁睁地看见人家跟着她下了车。结果这人以为"帅哥"是来找她麻烦的，踩着高跟鞋一路小跑，一回头，看见人还在，阿欢更郁闷了，这人不会真的要找她麻烦吧。

阿欢一路忐忑，一路回头，一直快到公司楼下，"帅哥"都还跟着她。

阿欢忍不住了，转身折回，走到"帅哥"面前，仰头和他说："今天真的很抱歉，要不我给您留一个我的电话，您要是有什么伤，我给您报销医药费，您不要跟着我了可以吗？"说着就要掏手机出来给手机号。

"帅哥"一脸看傻子的表情和她说："你想多了，我要去的地方在那里。"也没等阿欢回话，他就迈开大步走进了阿欢公司所在的大楼。

"不是吧……"阿欢玄幻了，这是什么概率啊，不会以后还要遇到吧……

可是后来阿欢接连出差，不在北京，这次心动也在群里掀起巨浪之后，渐渐归于平静，就像没有发生过一样，没有人提，阿欢出差回来之后也没再见过。

我们说阿欢怎么这么肯定，万一两个人只是没有看见对方，像偶像剧里的男女主角一样擦肩而过了呢？阿欢笑我们无知，他一米九多的个子，人群中我一眼还认不出来，我是瞎还是瞎啊。

好吧，也有道理。

4

真相恋爱了，阿欢的帅哥又人间蒸发了一样，群里沉寂了好长一段时间，已经无聊到连我们公司的那只叫程咬金的猫今天有没有飞扑我这件事都变成群里的每日一问了。

还好，阿欢解救了我。

在阿欢单身六年，眼见着已经要迈出大龄单身女青年，迈进更年期的倒计时时，阿欢的妈妈加快了给阿欢安排相亲对象的步伐。

虽然我们已经见怪不怪，毕竟阿欢的相亲比她的生理期还准时，每月至少一次，多则三五场连着一起来，我们都怀疑阿欢的妈妈是不是开了所有相亲网站的终身会员，不然怎么会有这么多适婚男青年，前赴后继地来奔赴阿欢的相亲局。

人无聊起来看见猫舔爪子都觉得稀奇，关心阿欢的"终身大事"，总比关心程咬金有没有挠我来得有趣。阿欢拗不过，给我们来了一场实时直播，调节群里枯燥又无聊的气氛。

约会前夜，阿欢收到了她妈发来的男嘉宾详细的信息：牙医，郑州人，现在在北京上班，上班的地方就在阿欢公司附近，资料具体到他有强迫症，见不得缠绕在一起的耳机线。但是身高保密，照片空缺。

名字成了整份资料最大的亮点。姓史，单名一个靖字。

拆开来没什么，连起来读，史靖，史靖，使劲，阿欢说这个名字让她有一种便秘的感觉，感觉总有什么要出来却没出来，所以要一个劲地喊，使劲使劲使劲。

第二天是周六，约定见面的地方是阿欢住处附近的一家咖啡馆。约定见面的时间是下午4点，3点50，对方来了短信，表示已经到了，在31号桌，让阿欢直接进来就好。

阿欢想着也就是见一面的关系，不会再有交集，也没化妆，随意套了一件纯白T恤，穿了一条很日常的牛仔裤，就下了楼。

不用刻意讨好的，当然是舒服最重要。

4点整，阿欢准时抵达咖啡馆，在服务员的指引下，找到了短信里说的31号桌。

男生背对着她，很高，一头亚麻色的头发，很巧的是，他也穿了一件纯白的 T 恤，一条浅色的牛仔裤，乍一看还有点情侣装的意思。

阿欢心底有一丝异样，她不喜欢这种不受控制的东西，顿时有点厌烦，想要早点结束今天这一场见面。想着想着，阿欢就加快了脚步，眼看着只有一步之遥。

"抱歉抱歉"，服务员焦急的声音响起。阿欢走得太急，撞到了送餐的服务员，满满的一杯咖啡因为摇晃洒了出来，溅到了阿欢的衣服上，白色的衣服，这几滴褐色的咖啡渍显得异常明显。

阿欢内心更加烦闷了，但是看着服务员一脸紧张地向她道歉，也不忍责怪，低声说了句没关系，便落了座。

阿欢低头一直看着自己衣服上的咖啡渍，抬头看见一张非常熟悉的脸，下意识地看了一眼他的下巴，没有红肿了，看来已经好多了。

"你是……史靖？"阿欢半信半疑地问道。

听到这个名字，对方的耳根噌的一下红了，小声说了一声："嗯。"

这回轮到阿欢脸红了，不是因为心动，而是

因为尴尬，这是什么运气？上次是撞下巴，这次是相亲？而且她穿得还没有上班的时候正式，显得很没有礼貌的样子。

阿欢一直低着头，不知道要说什么，真的太……尴尬了……人家不会以为她是变态追踪狂，在哪里搞来了他的信息吧……

"要喝什么？"对面的人轻声问道。他的声音很好听，这是阿欢后来和我们说的。"比橙子好听。"好吧，我怀疑这是情人眼里出西施。

阿欢缓过神来，接过了他递过来的手机点餐。

"他的手指很长，很细，很好看。"这也是阿欢后来和我们说的，1米9的个子，手指能不长吗？我严重怀疑，阿欢那个时候就看上人家了。

又是一阵沉默。

"上一次，抱歉。"阿欢不好意思地说。

"没关系，你也不想。"对方轻飘飘地回了一句。

"你怎么知道我不想。"说出口阿欢就后悔了，她第一次恨自己这个一和男生说话，就要下意识地和人家反着来的毛病。

对方明显愣住了。

"不是不是，我不是那个意思，我是朱欢，你叫我阿欢就好。"

"嗯，你叫我阿靖就好。"

那顿咖啡喝得很快，阿欢说她发现史靖就是那个的地铁耳机"壁咚"男，就想赶紧结束这一场约会。

这种不受控制的感觉，真的很不好。她是一个做什么都很有计划的人，就连明天早餐牛奶喝多少毫升都是提前计划好的，她也以为今天只是一场和平时一样的相亲，这种不受控制的感觉，她非常不喜欢。

　　对方好像对她的兴趣也不大，一直到分开都没有要她微信，或者约定下一次见面。

　　走出咖啡店，阿欢长长地叹了一口气："终于结束了。"这是关于那一场约会阿欢在我们群里发的最后一句话。

　　听说阿欢的相亲对象竟然是上一次的一米九地铁壁咚大帅哥，群里瞬间炸了锅，这是什么狗屎运啊！大家纷纷让阿欢把握机会，收了他。阿欢来不及和我们解释，电话就响起了，是阿欢的妈妈。

　　"怎么样怎么样，史靖这孩子可是我发小的儿子，小时候你们还打过电话呢！有没有一见如故，怦然心动啊！"

　　"妈，你说的不会是我还没学说话的时候吧，我怎么一点印象都没有啊。"

　　"你没上学之前可笨了，两岁半才学会说话，接个电话就知道咿咿呀呀，怪不得人家，怎么样？是不是很不一样！"

　　阿欢瞬间头大了，上一次地铁上加上这一次就已经够尴尬的了，再加上小时候这一段，她发誓她这辈子都不要再和史靖见面了，不是怕麻烦，真的太丢脸了。

　　"我们互相没看上，让您老失望了。连个微信都没加。"阿欢发誓她说这句话真的只是表面上的意思，绝对没有一丁点让她妈帮她要微信号的意思。

但很显然，她妈这么认为了，并且这么做了。

"不争气的家伙，还得你妈来。"说着就挂了电话，阿欢连解释的机会都没有。

阿欢的妈妈有一点和阿欢很像，就是急性子，说什么，马上就要做。一小时之后阿欢被她的妈妈拉进了一个四人微信群。她，她妈，史靖，还有史靖的妈妈。

阿欢的头更大了，这都是什么事啊，为了避免两位妈妈每天在群里监督他们谈恋爱，她马上加了史靖的微信，说要私下联络感情，两个妈妈自然说好。

好不容易和史靖说好，配合应付一下两位妈妈，另一个炸弹又来了。

阿欢收到了一条请求添加好友的消息，来自群聊，是史靖的妈妈。

"你妈加我了。"

"你妈加我了。"

她和史靖的对话框同时出现了两句一样的话，好吧，果然是闺密，这么有默契。

无奈之下，阿欢和史靖在两位妈妈的监督下，开始了被迫的年轻人正常联络感情。

内容一丁点暧昧的东西都没有，清汤寡水的。

"吃了吗？"

"吃了。"

"睡吗？"

"睡吧。"

要不是因为见过真人，阿欢都怀疑和她说话的是不是一个机器人，但好在对方没有别的想法，她也不讨厌这种偶尔有人问一句两句的日常。

5

周五的晚上，阿欢更新了一条朋友圈："周一要开庭，结果突然开始智齿疼，我现在脸肿得和猪头一样……"还难得地附上了一张侧脸的照片。

我立马私聊她让她严重的话赶紧找医生。奇怪的是这一次阿欢很久才回了我消息，明明上一秒还在发朋友圈。

半小时后，阿欢回了："不用了，史靖在我楼下了，我发朋友圈的时候光记着屏蔽我妈了，忘了还有他妈了……他妈说他就是牙医，智齿不是小事，一定要让他好好看看，我说什么她都不听。我，哎……"

"去吧去吧，拔了也好。长痛不如短痛，你这个智齿也不是第一次疼了，有免费的劳动力赶紧用！"

阿欢磨蹭了很久才下楼，我知道她怕什么，她怕疼，最后还垂死挣扎让我过二十分钟给她打电话，就说有急事，这样她就能借口有事拿个药就走，不用拔牙了。

我说好，谁让我是她为数不多的好兄弟呢。没想到我那天临时有个电话会议，比预计晚了半小时结束，我给阿欢打电话过去的时候，已经是一个小时之后了。

电话响了很久，都没人接，我正准备挂电话的时候，电话通了，我还没来得及说话。

"你轻一点……"电话那边传来了一声娇喘。我在电话这头无比尴尬，纵使我和她关系再好，也抵不过这么热情的"现场直播"啊。

"嘶……"我愣了一会儿，正犹豫要不要挂了电话，一会儿再打的时候，听到那头传来一声倒吸一口气的声音"使劲！疼……"

虽然声音像是含着什么东西一样，但是我很肯定，是阿欢的声音了，使劲？现在都玩这么刺激的了吗？得，我看来是真的打扰人家了，"要不……你完事给我回电话？"

"好了，去漱口吧。"电话那头传来一个男生的声音，很低沉，确实很好听。那边咕咚咕咚漱口的声音："橙子你等一下，我晚上回去和你说。"

好吧，原来是在拔牙，敢情那一声"使劲"是在叫人家名字呢，只是因为说话比较含糊，我连前后鼻音都没听出来，算了算了，果然是要恋爱的人了，拔牙都那么刺激。

阿欢给我回消息的时候已经是一小时后了，一小时，够发生很多事情了。

"我到家了……疼死我了！"

"疼……你们进展到哪一步了？"

"你想什么！你觉得我张开血盆大口，口水和血水黏在一起，拔完牙之后脸还肿得和猪头一样，他也能亲得下去？"

好吧，画面太过血腥，已经到了要打马赛克的地步了。史靖同学的技术很好，周一阿欢的脸就已经不肿了。顺利开庭，成功胜诉，一点正事没耽搁。

6

为了表示感谢史医生妙手回春，阿欢做东，邀请史医生到家里吃饭。

做的菜都是阿欢擅长的，山药排骨汤、凉拌黄瓜、西葫芦炒西红柿、青椒鸡蛋饼，怕史靖刚从国外回来吃不惯中餐，她还煎了两块牛排。这些都是阿欢做了无数次的菜，单身这么多年拿自己当小白鼠做了无数次试验，绝对不会出错。

约定的时间是晚上7点，阿欢下庭早，收拾妥当之后6点50，摆好碗筷，突然想起忘了买饮料，打电话和史靖说自己下楼买些喝的，马上上楼，那头说不用了，他带了，总不能空手来。

"开门，我在门外。"6点55分，这个人好像总是提前五分钟到，是算好时间的吗？果然有强迫症，时间都卡得这么准。

"家里有开瓶器吗？"史靖边进门边说。

"有的有的，上次同事来家里吃饭的时候带了一个过来。"阿欢没反应过来，看到史靖手里提的才反应过来。他说的自己带了喝的是红酒啊。

晚上去女生家吃饭，带红酒，阿欢要说史靖对她没意思，我一万个不相信，这意图不明显吗？

"那个……我……算了没什么，你换鞋吧，我们可以吃饭啦。"阿欢没想到他带的是酒，她的酒量很不好很不好，为数不多的几次，喝了几杯啤酒，就开始发酒疯，疯完就睡觉。

史靖利索地把红酒打开，又在阿欢的注视下给自己的杯子倒上然后盖上瓶塞。

"我呢？"这是什么人，明明带酒来她家，却自己喝。

"你刚拔了牙，不能喝。"

"这都几天了，我少喝点没事。"

虽然嘴上这么说，但是阿欢心里还是有些虚，其实她的酒量并不好，由于职业的原因，她需要时刻保持清醒，所以酒这种东西，她通常都是能不碰就不碰。但是今天看史靖喝，她就是觉得馋，史靖也是没耐得住她的软磨硬泡，又重新打开瓶盖，给她也倒了一杯。

而这些，阿欢显然都不记得了。

阿欢给史靖盛了一碗排骨汤，一脸紧张地看着对方。"嗯，很好喝。"还好，对方很给面子。被夸奖的阿欢心情很好，忙给史靖夹菜，让他多吃点，还拿起酒杯和史靖碰了一下："牙齿这个，谢谢你！"

"客气，我应该做的。"阿欢丝毫没有听出史靖的言外之意。

"总之，还是谢谢你！"说着，阿欢又喝了一口酒，这回比上一口还大，阿欢觉得好像脸有点发烫了，酒精上头这么快吗？

"今天开庭怎么样？"阿欢没想到史靖竟然会主动问她工作的事情，毕竟她的工作是律师，法律条文一条比一条难记，一般人只要遵纪守法，安分守己，对这个是不感兴趣的。

上一个会过问她工作内容的人还是六年前的那个人，因为他学的也是法律，职业相同，自然可以聊。

阿欢很久没有和别人说过自己的工作了，又喝了一点酒，顿时打开了话匣子。"我的委托人是个 18 岁的小姑娘，人小不懂事，不懂得保护自己，交了个对象，是当地的一个混混，把她肚子搞大了，家长知道之后，连忙带着姑娘去打了胎，让小姑娘和那个混混分了手。"阿欢聊起自己工作的时候，和平时是截然不同的。

平时的她死板、规矩，每天穿着白衬衫黑西装穿行在家、公司和法院三点一线。聊工作时候的她是生动的、鲜活的、手舞足蹈的，满脸洋溢着骄傲，史靖觉得，这样的阿欢，意外得有点可爱。

看来，以后可以和她多聊聊这个，史靖心里想。

"可是这应该不会上法庭吧，你帮她辩护什么？"史靖自然地接话。

"我还没说完呢……"阿欢喝光了杯子里的小半杯酒，仰起红扑扑的脸，呆呆地望着，把酒杯递给了史靖。史靖接过杯子，帮她又倒了小半杯。她好像有点醉了。

"那个小混混不同意，还威胁小姑娘说，如果分手，就把他们那什么的视频发到网上。"

"什么视频？"史靖一脸疑惑。

"就那个……"阿欢的脸好像更红了，为了掩饰尴尬，又喝了一口酒。史靖听懂了，尴尬地咳嗽了几声："然后呢？"

"然后女孩不愿意，他其实压根就没有什么视频，所以也没发到网上，看女孩没有被骗到，他就恐吓女生，如果不和他复合，就杀了她的父母，她的父母杀了他的孩子，一命偿一命。"

阿欢感觉有点口渴，喝了一大口酒润了润嗓子接着说道："女孩还是不同意，男生一气之下真的拿了刀去了女孩家，不过没伤到女孩的父母，伤了女孩，捅了一刀，在肚子上。女孩怕，想用这个申请禁令，她怕下一次就是她的父母了。你看，男人果然没有一个好东西。"

"谁说的。"史靖反问道。

"我又不是说你……"阿欢觉得自己又尴尬了，为了缓解气氛，她提议吃得差不多了，还是去沙发上吧，比板凳软一点，坐着也舒服一些，就拿着酒杯坐到了沙发上。

史靖没有拒绝，跟着阿欢坐在了沙发上，离得很近，近到阿欢手舞足蹈就有可能碰到史靖，她不敢乱动了，安安静静地讲着。史靖安静地听着，偶尔接个一两句，他没想到，原来阿欢这么能说。

阿欢好像真的醉了，后来讲了什么都记不清了，只记得自己情不自禁地往人家身边靠，然后就没有了意识。

7

第二天我的微信被阿欢轰炸了。

"在吗？橙子！"

"在吗？在吗？在吗？"

我是属于典型的夜行动物，早上 10 点之前基本上是不清醒的状态，所以睡觉都是开的飞行模式，谁也找不到我。后来因为成立了公司，怕错过重要的电话，才改掉了这种习惯。

所以阿欢在早上 7 点给我发了这么多条消息把我震醒的时候，我的意识还是模糊的，想着要是没有什么急事，我下次见面一定要狠狠宰她一顿。

"怎么啦？我在。"

"我好怕，怎么办啊，啊啊啊啊啊要疯了。"

"怎么了，不然我给你打电话，快一点。"

"别别别，我现在不方便打电话。"我觉得我快疯了，她如果真的没有什么急事，把我吵醒的话，我真的想把她微信拉黑了。

"我把他睡了……"五个字，我瞬间清醒了，从床上坐了起来。

"什么？他是谁？你们在哪里？"

"史靖，我家。"

"你不是说你们对彼此没意思吗？"

"我喝多了……不记得了……醒来我俩就光溜溜的了，现在他还在睡着，我躲在厕所里给你发的消息。"

好吧，我就说，阿欢喝醉了绝对不能惹，一定要出事。

"他不是还在你家吗？你问他啊。"我又没在她家安摄像头，我怎么知道他俩怎么酒后乱性的……

"啊？好吧……我问问。"那头阿欢关了手机，深深地吸了一口气，像奔赴刑场一样，重新回到了卧室。

床上的人还没醒，她的被子有点小，盖她绰绰有余，但盖床上那个一米九几的显然有点勉强。史靖脚丫子就这么露在被子外面，阿欢也不知道怎么了，下意识怕他着凉，拉了一下被子，想要盖住他的脚。

结果刚拉好，被子里的人动了，顶着一个鸡窝头，睡眼蒙眬地看着她，长手一钩，把阿欢搂到了床上，顺势抱进了怀里。阿欢蒙了，彻底蒙了，这是什么操作？接着睡？可是她都想不起昨晚发生了什么啊。

阿欢往外躲了躲，仰起头看着又闭上了眼睛的史靖，意外地发现他的睫毛很长，闭上眼睛的时候，完全没有平时看起来那么高冷，一副人畜无害的样子。不对不对，现在不是想这个的时候。

"那个……"

史靖又把她往怀里紧了紧，阿欢的头紧紧地贴在了史靖的胸口，没穿衣服，光的，阿欢脸红了。

"怎么了……"史靖的声音在阿欢的头顶响起，刚睡醒的声音带着一丝慵懒，贴着胸口能清楚地听到他的心跳，阿欢觉得自己脸红得要爆炸了，明明自己已经32岁了，怎么还和个十几岁的小姑娘一样。

"昨晚……"阿欢明显地感觉到自己的声音比刚刚更小了。

"昨晚怎么了，你不会不记得了吧！"史靖反应过来之后一下子清醒了，松开了阿欢，两手抓着阿欢的手臂，直直地看着她。

"嗯……"虽然不是很想承认，但这个是事实。

"你不会以为我乘人之危，强迫你的吧！"

"不不不不，我不是那个意思，我就是喝多了记不太清了。"为什么感觉史靖语气里透露着委屈。

"昨天你在沙发上说着说着睡着了，我怕你着凉，就把你抱到床上了，我发誓我绝对没有别的企图！"

"然后呢……"总不能是自己主动的吧，阿欢想，如果真的是自己主动的，她还来问人家，真的想找个洞钻进去了。

"然后你拉住了我要亲我，我不同意。"阿欢觉得她真的可以直接找个洞钻进去了……

"你可以推开我的……"阿欢的声音已经轻到几乎听不见了。

她想起来了，第一次他推开了她，她像个树袋熊一样把人家拉了回来。她记得史靖固定住了她的手，隔开了一点距离，和她说了一句："要是不愿意，你就告诉我。"

阿欢当时心想，一个大男人，磨磨唧唧什么的真讨厌，就不能安静一会儿，真应该把他嘴巴堵上！让他不要发出声音了，太吵了。然后就一把环住史靖的脖子，吻了上去。

再后来，干柴烈火，不可描述……

8

阿欢彻底疯了，第一次尴尬自己主动说要给别人电话号码，第二次尴尬自己妈妈主动找他要了微信，第三次尴尬，她竟然把人家给睡了。不知道的真以为她怕嫁不出去，要把自己硬塞给他吧。

那天早上说完之后史靖把阿欢重新抱紧，和她说了一句，让她更加尴尬的话："这下，咱妈放心了。"

不是我妈和你妈，是咱妈。

这个速度，怕是连真相都要自愧不如了。

阿欢没说话，往外躲了躲，上一次说要娶她的人后来成了别人嘴里的老公，她不喜欢这样，太快了，她一点安全感都没有。都说太美的承诺因为太年轻，阿欢觉得史靖和学长一样，对她也只是一时兴起，随便说说而已。

这都什么年代了，在人家看来，说不定她就是一个轻浮的人，一个想嫁人想疯了的人，只是因为两方家长觉得合适，他也不好拒绝吧。

果然，男人都一样，没有一个好东西。

史靖怎么也没有想到，他只是下意识地说了一句"咱妈"，阿欢就联想了这么多，甚至已经给他打上了一个"此人不可靠"的标签。

史靖理所当然地觉得两个人经过那个晚上，已经默认了对方男女朋友的关系，对自己，对对方，对父母都有个交代。

阿欢说，她不但把人睡了，好像被"脱单"了。

一开始史靖只是来接她上下班，后来就是找各种借口留宿她家，今天车钥匙锁家里了，明天家门钥匙忘了拿，没有身份证也没法住酒店，可怜巴巴地乞求阿欢收留他。

阿欢一开始非常不习惯，后来也就默认了，留宿就留宿吧，反正他也只能睡客厅沙发，想进卧室？没门。

史靖以为是发展得太快了，阿欢有点害羞，所以也没明着表示不愉快，只是在阿欢又一次洗完澡就把自己锁进房间，他洗好她最爱的车厘子，她都不愿意出来拿之后的第二天，很认真地和阿欢聊了一次："我知道你怕快，没关系，我们可以慢慢来，我不会强迫你做任何你不喜欢的事情，如果你还是觉得不合适，那我们可以从普通朋友做起。"

阿欢看着他一脸认真的样子，沉默了很久，说了一句："对不起，我这种人，好像真的不适合谈恋爱。"

一个人久了，好像就真的习惯了，习惯了马桶坏了自己通，习惯了牙膏快用完提前一个星期就会买好，她为一个人的生活做了万全的准备，现在全部变了。

以前她下班回家，屋子里是空空的，她也觉得没什么，反正已经习惯了，这段时间，史靖来了，每次都会带来一些他的东西，故意忘了带走。比如玄关的拖鞋，比如浴室的剃须刀，比如他说医院送的纪念品娃娃，房间的每一个地方好像都有了他的气息。

　　一开始阿欢并不讨厌，甚至有点喜欢，她喜欢这种吃饭的时候，有个人在旁边搭话的感觉，让她觉得她是活着的，不会哪一天死在自己的单身公寓里，要等到下一次她妈打电话给她，才有人知道她已经死了。

　　她甚至有点期待史靖今天会找什么样的借口留在她家，她好像习惯了屋子里有另一个人的存在了，这种做饭要做两人份的感觉，好像还不错。更何况有了史靖，她每个周末逛超市都可以买一大堆，不用担心自

己拎不动，因为有史靖。

可那一天，史靖说他有一个同学聚会，结束可能会比较晚一点，晚上就不过来了，让她早点休息。阿欢说好，但是心里顿时空落落的，她想起上一次分手的那一次，学长也是和她说有事在忙，晚点回，让她早点休息。果然，什么我会陪着你，我会慢慢来，我想娶你，都是骗人的。

阿欢强迫自己不去想不去想，玄关的鞋子没关系，他如果明天不来，后天也不来，她就把它扔掉。他喝水的杯子也丢掉，就当这个人从来没出现过就好了。

阿欢想着想着，突然觉得有些难过，她想洗个澡冷静一下。洗澡的时候，下水道又一次堵住了。上一次堵住的时候，史靖也在，很快就处理好了，明明之前也堵过很多次，自己虽然没有史靖快，也不是不能解决。

但是看见漱口杯边上史靖的剃须刀，阿欢突然不想自己修了，她鬼使神差地想要给史靖打个电话。这是他们"交往"一个多月以来，阿欢第一次主动给史靖打电话，胡乱扯过浴巾包裹了一下身体，拨通了电话，那头很吵，一群人在说喝酒接着喝，很热闹的样子，阿欢突然有点后悔打这个电话了，她好像任性了。

但是电话已经通了，她只能言简意赅地说了一句"那个我下水道堵住了，你今晚能回来修一下吗？"电话那头的史医生一愣，过了两秒接了句"好"，挂断了电话。

半个小时后，史靖出现在了阿欢家，果然男人在某方面动手能力还是比女生强的，不出五分钟，下水道恢复了顺畅。那个晚上，史靖没有找留下来的借口，阿欢也没有像往常一样问他，已经不早了，怎么还不回他自己家。

不知道是不是因为晚上阿欢吃完饭忘了刷碗的缘故，两人在沙发上坐着的时候，出现了一只蟑螂，阿欢下意识地拽住了史靖的手臂，软软地说了一句："我怕。"史靖握了握她的手，在她耳边说了一句："别怕，我在。"然后英勇地飞过去一只拖鞋，砸死了小强。

阿欢突然觉得，好像和眼前这个人谈谈恋爱，也不错。

9

关于阿欢和史靖的故事，很多细节，我都是后来听阿欢说的，阿欢说这些的时候眼睛里闪着光，一直说太不可思议了，怎么也没想到自己最后会和一个见过自己最丑的样子的人谈恋爱。

她说："你知道吗，在那之前，我已经做好一个人孤独终老的准备了，我不相信一见钟情，也不相信日久生情。

"我今年32岁了，不是23岁，我从来不敢跟任何人说'我怕'这两个字，我怕被人笑话，我把自己装成一个无所不能的女战士，可是他却轻易地把我变成了小女生。

"我终于可以不用绷着神经往前冲了，我终于也可以有人依靠了，真好。"

我记得曾经也有人问过我，对 30 岁还保持单身的女生怎么看。我的回答是，那她一定是一个很优秀的人吧。

因为足够优秀，所以一个人就可以过得比两个人好。但也是因为她们足够优秀，所以她们习惯了向外不断地发射自己的能量，无所不能地被别人需要，却很少有人会对她们说一句，别怕。

时间久了，即使她们再怕，她们也不会再跟任何人说。
比如阿欢，她明明怕黑，明明怕虫子，但是没有人知道。
她才不是什么女战士，她只是一个普通女人，她也需要爱和被爱。
如果你的身边也有像她这样的普通女人，请记得不要再问她那些愚蠢的问题，保护好她的完美，然后去爱她和感受她的爱。

7

我 会 抓 紧 你 的 手

不负过往，不惧孤独
Worthy Past, Fearless Solitude

在爱情里我最心疼两种人：一种是敢爱敢恨，不管受过多少伤，流过多少泪，都能爬起来继续相信爱情，并为之付出满腔真心的人。另一种是明明在心里为对方起了高楼，嘴上却只有一句"我们只是朋友"的人。

这两种人有一个共性，都是看似洒脱，实则都是爱而不得。不同的是前者是勇敢，后者是卑微。我今天要讲的这个故事里的主人公，像极了前者，又做尽了后者才会做的事。

1

小曼是我的一位老听众，据她自己说，她是因为大学生活过分无趣，某天偶然间打开某音乐平台点开了首页推荐，然后就听到了我的声音，从此对我欲罢不能。

真没夸张，这都是她自己说的。

小曼是在山东上的大学，由于性格的原因，她并不喜欢参与学校的各种社团活动，宿舍就是她最大的活动区，而躺在床上听程一电台，便是她的活动之一。

每听完一期节目，小曼就会给我发一条很长的私信，跟我讲她听了这期节目的感受。程一电台更新了一千多期的节目，她愣是一期都没落下过，让我不得不注意到她的存在。

除此之外，小曼还会跟我说很多关于她自己的事情。比如别看她那么喜欢听情感电台，并能评论得头头是道，但其实她还是个"母胎solo"；比如别看她虽然从未谈过恋爱，但其实她的心里一直期待着能够邂逅一场专属于她的恋爱，最好能让她体会一下什么叫刻骨铭心、痛彻心扉。

得，这丫头根本就是个非正常人类。

不过并没有过很久，小曼就真的遇到了她所谓的让她不顾一切付出的人。

2

2015 年 10 月 1 日，宿舍的人都回了家，毕竟七天假，小曼不喜欢拥挤，家里母后大人和父皇的二人世界也过得尤其滋润，只字没有表达过一丁点对她回来的期盼，于是小曼决定，这一年的十一，留在学校。

和小曼一起留下来的，是舍友青青，班里的学习委员，勤工俭学，上大学的学费和生活费都是自己赚的。

青青是小曼妈妈强烈要求小曼学习的对象，于是小曼决定，趁着十一的假期，跟着青青一起去学校外面找一份兼职，学习一下榜样，顺便赚点零花钱。

跟着青青轻车熟路地到了一家房产中介中心，小曼开始了二十年人生中的第一份工作，发传单，一下午八十块钱。

也就是在那一天，小曼遇见了他，我们暂且叫他林先生。

秋日的下午有点阴冷，没有阳光铺洒在他身上，房产经纪人清一色穿着黑色西装，打着同样款式的领带，没有什么特别的着装，偏偏小曼第一眼就在人群中看见了他，个子也不是最高的，就是背尤其直，西装笔挺。他朝小曼走过来的时候，小曼不争气地吞了一口口水，瞄了一眼身边的青青，还好，没有被发现。

也许是因为假期的缘故，当天兼职的员工除了青青和小曼，还有另外两个女孩，分别被分配给了其中四个房产中介带着发传单，以防遇到什么专业的业务问题咨询时，她们答不上来。

不巧的是，林先生和小曼没有分到一组。

第一次发传单，小曼拉不下脸，所以发得慢了些，当然，也许还有另一个原因，她总在偷偷看林先生在做什么。中途休息的时候，林先生看到小曼手里还有厚厚的一沓传单，小曼下意识把手往后背了一下，不想让他觉得自己不争气，连传单都发得没有别人好。

意外的是，林先生没有责备她，假装没有看到，柔声问道："怎么样？发得如何了？你看她们手里的都只剩一点点了，马上就要收工了，加油哟！"

"嗯，我知道了。"

这是林先生和小曼的第一次对话，小曼没敢抬眼，生怕一个不小心，就泄露了什么秘密。

可能林先生的加油打气真的很有用，接下来小曼发传单的进度明显加快了很多，对每一个路人笑脸相迎："您好，请关注一下哦。"就连说出来的话好像都有着和这个秋日不太相符的甜甜的味道。

传单发得差不多的时候，大家聚集在一起，听到身边的人和林先生的聊天，小曼才知道，传单上印着的，就是林先生的电话和手机号码，这也是她第一次知道，原来他姓林哪，双木林，很好听，和他本人一样温柔。

如果以后生了个女儿，就叫林一，他的林，程一的一，一定很好听。生孩子……意识到自己在想什么的时候，小曼赶紧缓过了神，偷偷在心里默念传单上的那串号码，生怕一会儿就忘了它。

十几二十岁的女孩总有很强的想象力，有的人也许只看一眼，就想和他共度余生，有的人只见一面，就想好了以后和他的孩子要叫什么名字更好听。

可时间总是过得很快，领到八十块工钱，还没来得及和林先生说一声再见，林先生就在小曼面前消失了。

3

晚上回到宿舍的时候，小曼就像一个怀春的少女，不对，就是一个怀春的少女，坐在自己下铺的凳子上，像个学生一样端正坐好，颤巍巍地掏出手机，抱有一丝侥幸的，打开微信，输入了那个十一位数的手机号码。

"啊啊啊啊啊啊啊啊……"手机号就是微信号，她终于不用担心和他没有任何交集了！伴随着一声惨叫，小曼毫不犹豫地点了"添加好友到通讯录"。

1 秒，2 秒，3 秒……

小曼发誓，上一次这么紧张，还是高考！

11 秒，12 秒，13 秒……

第 32 秒，叮！您已成功添加好友。

"你好"，这是林先生发来的第一句话，或许是因为工作的原因，对于陌生人添加好友，林先生并没有多大的抗拒，而是礼貌地打了个招呼，等着对方说明来意。

"您好，我是今天那个穿灰色衣服的学生。"

"嗯，我记得你。"

"今天谢谢你的照顾。"我发誓，带小曼的经纪人看到这句话一定会气个半死，带了半天的姑娘因为别人一句话，就去谢谢别人了。

"没关系，你还是学生？"

"是的，今年大二，你呢？你工作几年了？"书里说过，如果你想和一个人聊天，一定要以问句结尾，这样他会回答你的问题，你们就能一直聊下去。小曼没想到有一天，她也会用上这种追男生的恋爱技巧。

"好几年了，都是老年人了。"

"怎么会，你看起来很年轻啊！啊对，你住哪儿啊？"又是问句，这下他总不能不回了吧。

"住在公司宿舍，这次只是过来借调几天，家在东北，过完十一就回去了。"

"啊，东北挺好的啊，我还没有去过呢！"小曼的心情就像过山车，才刚准备蓄力开始人生第一次追男之旅，就因为即将到来的分离而郁闷不已，东北是不是比山东还冷，小曼是个南方人，最怕冷，但这些当时小曼都没有想到。

她脑海里第一时间浮现的是，不和他在一个城市的遗憾。因为山东和东北还有一定的距离，而她还在上学，总不能说去一个地方，就可以不顾一切地去。

小曼突然不知道该怎么接话了，问他什么时候有空出来见一面？好像太唐突了，说你今天好好看？好像太花痴了，聊天框里的文字打了又删，删了又打，小曼还是没有想好怎么回这个消息。

　　也许是察觉到她的窘迫，那边发来了一条消息："时间不早了，早点休息吧。"

　　小曼看了一眼手机上的时间，啊，都11点了，不能再打扰他休息了。

　　"嗯嗯，晚安。"

　　"晚安"，以前小曼对别人觉得"晚安等于我爱你"这个说法嗤之以鼻，完全没想到有一天，她会对着手机上的一个晚安，傻笑一整晚，躺在床上翻来覆去睡不着觉，满脑子都是自己的声音和林先生的脸，在她耳边说："晚安。"

　　那个晚上，我收到一条很长很长的私信，不同于以往关于节目的评论，这一次小曼发来的是与她的林先生有关的少女心事。

　　我没有回复，因为我不想打破每一个少女美好的幻想，或许她也不是想从我这里得到什么回复，只是希望自己的心事能有一个宣泄口，这样她才不至于在这场暗恋中那么小心翼翼又踽踽独行。

4

在那之后，小曼很难找到机会和林先生打开话匣，明明什么事情都想和他分享，却又怕这种无聊的日常会对他造成困扰。

小曼点赞了林先生的每一条朋友圈，包括发布房产中介广告的消息，企图通过这样的方式让他眼熟一点，哪怕不是她这个人，只是她的微信昵称和头像也可以。

点赞了大半个月，小曼基本没找林先生聊过天，不敢给他发消息，偶尔的一两次，也因为林先生工作很忙的原因，匆匆结束了。

所有对林先生想说的话，都转送给了我这个程先生。

她会和我说她今天吃了什么好吃的，食堂大妈的儿子要出国了，大妈高兴得连盛菜的时候勺子都不会一个劲地抖了。

当然，更多的都是：林先生今天微信走了 13256 步，他今天肯定又在外面跑了，可不要累到啊。林先生刚刚发朋友圈了，他竟然去打排球了！啊，我以前怎么没有发现会打排球的人这么帅啊！林先生今天给我的朋友圈点赞了！啊！程一！你说他是不是喜欢我啊！林先生都 12 天 5 小时零 32 分钟没有和我互动了，我要不要主动找他啊……

林先生今天……

好吧，都是林先生，心里默念一百遍我不是备胎，我是树洞，我给小曼回了一个心，一个表情，想要让她知道我听到了，没关系，我在呢。

不出十秒，小曼一大堆带感叹号的私信袭炸了过来。

啊啊啊啊啊啊啊啊啊啊！程一你回复我私信了！！！

你也觉得我应该主动去找他，对不对！！！

我就该主动找他对不对！

啊啊啊啊啊啊啊啊啊！连你都鼓励我了，我还怕什么！

我去了！我要去找他！！！

我一脸疑惑地看着满屏的啊啊啊，我刚刚说什么了，我好像，我貌似，我就是，回复了一个表情啊，她是怎么脑补出这么多剧情的。

5

可能是得到了我的回应，小曼的私信丝毫没有停下来的趋势，开始从每天一条变成至少五条。

他喜欢吃肉不喜欢吃青菜，喜欢吃肉又害怕自己长胖，所以林先生一天只吃两顿饭。小曼说她可以陪他多运动一会儿，这样他就不用担心自己胖了。

他说他喜欢吃鸡蛋胜过番茄，小曼刚好相反，宁愿吃番茄也不喜欢吃鸡蛋。

他说，那我们是绝配啊！小曼又抱着手机激动了老半天。是啊，如果以后一起生活，一起吃饭也不用抢着吃，他吃他的，我吃我的，多好啊。

他说……

如果一个人有事没事就找你聊天，说明什么，说明闲的。

不对，还有另一种解释，喜欢你。

小曼显然是后者，看到绝配之后完全放飞了自己，开始频繁找林先生聊天。

"为什么每天找我聊天，你是不是暗恋我？"小曼心想，完蛋了，被发现了。

"哼！我是会暗恋的人吗？我要是喜欢一个人我一定会让他知道的！"完蛋了，小曼下意识地反驳了。

什么喜欢一定会让人知道，她才没有她自己装出来的那么勇敢，实际生活中就是个不折不扣的尿货。

在我的微博里和我说了无数遍"我爱林先生"，在我的微信公众号每一条推送下评论有关林先生的一切，就是不敢当着人家的面，承认喜欢人家。

都说真的喜欢上一个人的时候，第一反应是害怕。这句话在小曼身上得到了最好的体现。

她害怕的东西太多了，想让他知道她的喜欢，又害怕说破了他会拒绝她。他能够拒绝她的理由太多了，我在东北，你在山东，我不喜欢异地恋。我已经工作了，你还在上学，我们年龄差太多了。每一个她能想到的理由，小曼都找不到反驳的话。

所以，她没说，她想说，但也只能以后再说。

每一次想他，她就点开程一电台，听我的声音，听我给她讲故事，听我给她继续坚持的勇气，想象着这些都是林先生在她耳边温柔地对她说的话。

b

因为害怕，因为没有准备好，因为喜欢的人不能轻易打扰，小曼减少了找林先生聊天的频率。

有时候林先生忙完工作的时候会回上一两句，有时候不回复，回消息的那天小曼给我的私信全是感叹号，没回消息的时候，小曼给我的私信连个标点符号都没有。

日子就这么一天一天过去。小曼也想着两个人可能真的就再没交集了。

"我辞职了，去北京。"这是小曼以"新年快乐"为开头，和林先生开始聊天的时候，得到的回复。

"准备做什么？"

"还是房地产经纪吧，毕竟我也不知道自己能做什么。"那是小曼第一次听他讲起他的"心事"，也是她第一次觉得他们之间的距离没有那么远了。

"那你什么时候去北京？找好工作了吗？"太想了解有关他的一切，小曼连着发了好几个问句过去。

"先在网上投递一下简历试试吧。"再往后，消息没有回复了。找工作，这是小曼还没有经历的事情，她好像也给不了什么有效的建议。但是她相信，在她这里无所不能的他不论想做什么，都一定可以做到。

我想小曼喜欢的林先生应该很优秀，等到再联系的时候，他已经在北京了。

"你的电话号码给我一下，我这会儿在走路，不太方便打字。"这是林先生的回复，我就说小曼是个贬货，揣着人家的号码那么久，憋了大半年，连个电话都没敢给人家打。

"喂？"那串在小曼心里背诵了无数次的 11 位号码出现在了手机屏幕上，拨出，接听。他熟悉的声音在耳边响起。

那时是北京时间 10 点半，电话那头的声音很嘈杂，好像还在北京的街头走着，公交车报站的声音有些遥远，路人聊着天，车水马龙，听起来很热闹的样子。

所以在林先生略带低落地说出那句"你说我在家待着好好的，为什么要来北京，为什么要来北京折腾自己"时，小曼的心咯噔疼了一下，这是第一次，他在她面前示弱，毕竟在她这里，他就是无所不能的大英雄。

小曼说着安慰的话，对方没有回应。电话那头好像走进了一家便利店，买了一瓶可乐，店员还没来得及找他零钱，他就推门走了出去。

拧开可乐瓶，他灌了一大口可乐，小曼好像还听到了可乐气泡消失的声音。

那天晚上他走了很远的路，她陪他聊了一路，林先生才回到了北京的出租屋。他来到洗手间洗手，地漏坏了，水流了一地，他骂了一声。

"稍等，我处理一下，一会儿找你。"林先生匆忙挂断了电话。

我不知道小曼那个晚上是什么样的心情，在知道自己心心念念的人正在经历着生活中的那么一些不如意，自己却无能为力的时候，我想应该更多的是心疼吧。

因为小曼那个晚上给我的私信内容是：

"程一，我决定毕业后去北京了。"

7

过了一个月的时间，林先生的工作好像稳定了下来，聊天的时候随口问起："毕业后，要去哪个城市工作啊？"

"石家庄吧，我爸工作调动到那边了，一家人在一起相互有个照顾。"她还是那么口是心非，明明要为了他去北京，嘴上偏偏就不说。

"石家庄也不错啊，离北京挺近的，等你来了，我有空的时候可以去找你玩。"

其实有时候我真挺佩服小曼的，决定做什么事情，不会大肆宣扬，一点一点朝目标努力，等到真的做到的一天，再轻描淡写地说起，假装很轻松的样子，真的，能憋。

　　转眼到了小曼毕业的时候，身边很多同学都选择回了家乡，小曼父母也说要不就到石家庄吧，虽然北京机遇多，但是北漂的生活不是谁都能受得了的。小曼没想过在北京站稳脚跟有多难，她只有一个目标，那就是去到离林先生最近的地方。

　　她不想再跟他隔着这么远的距离了，她想见他，想给他一个拥抱，甚至想不那么贱，憋了好久的喜欢也该对他说出口了。

　　怀揣着即将见面的紧张心情，小曼一个人拖着一个超大的行李箱，只身到了北京，没有工作，没有住处，很庆幸的是，当时有个朋友在北京，收留了她几晚。

　　她开始疯狂地在网上投递简历找工作，每天不间断地面试，但北京这个城市机遇多，人多，公司的选择也多，大多数的简历都石沉大海，大多数的面试也都无疾而终。

　　这是小曼来北京的第五天，工作还没有确定，住的地方还没有确定，到处都是押一付三，她真想问问林先生有没有便宜的房子可以给她介绍一下，但是她没有，她不想让林先生看到她这么狼狈的样子，所以她不说。

　　那段时间小曼给我的私信很少了，她说，程一，留在北京真的很难啊。程一，你是个坏人，为什么要哄我，我今晚听电台又哭了。她说，程一我知道了，我要学会长大，一个人抵过千军万马，然后更好地去爱他。她说，程一保佑我快点找到工作吧，这样我就可以去找他了。

如果一个人关注你，即使你不说，他也会知道。林先生还是知道小曼来北京了，因为小曼的朋友圈，因为一张只有北京才会有的车水马龙，但又格外孤寂的夜景照片。

微信置顶的那个聊天框里弹出来一条消息："你来北京了？"

"嗯。"好像瞒不下去了。

"北京有什么好，你来北京？"林先生一个电话打了过来，"不是说要去石家庄，那边有家人照顾吗？"

"因为北京有你啊。"小曼没说出口，这是她心里的答案。"别人都说北京好，我就想来北京试试看。"这是她又一次违心的假话。

她很想告诉他，因为你，因为你，因为你，光是你这一个理由，就够我不顾一切来这里了！但她没说，因为接电话的时候，她找工作屡屡碰壁，跟朋友挤在一个不到十平方米的小隔断里面，屋子里转个身都难。

但她还是咬紧牙关，坚定地想要在北京留下来，因为北京，有她的林先生。顺便说一下，北京还有我，树洞程。

小曼给我发私信说："程一老师，一个人在北京好苦啊，我好绝望。"

我想她当时肯定是很难过，都急得开始叫我老师了，树洞程默默窥屏了这么久，好像也该回复了。我说："可以失望，但是千万不要绝望。"

因为失望之后有的是机会绝地反击，绝望后是源源不断的自我放弃。

8

重拾信心的小曼终于找到了一份工作，离林先生住的地方很近，很近。

林先生得知的时候说："有机会一起吃饭。"那个时候小曼才想起来，认识这么久，喜欢了他这么久，记得他喜欢吃牛肉，喜欢吃番茄炒蛋里的鸡蛋，却从来没有一起吃过一顿饭。

虽然偶尔两个人有空的时候也会视频聊天，但隔着屏幕，总是感觉不到真实，她想见他，想和他吃饭，想他出现在她面前，对她说一句："好久不见。"

她在心里默接一句："甚是想念。"

遗憾的是，来北京这么久，两个人各自忙碌，没有谁真的开口约定哪一天，在哪里，吃什么。

有时候小曼在想，如果没有提起的话，那就不要约定了吧，如果真的有缘分，离得这么近应该会遇到的吧。

可是北京真的太大了，偶遇也真的太难了。尽管她的公司离他住的地方不到两公里，尽管他们每一天都会坐地铁一号线，可是在人山人海的地铁口，在拥挤到看不清人脸的地铁车厢里，小曼始终没有遇见她的林先生。

可能真的想念会有记忆，小曼有的时候眼花，看见一个和他身型差不多的人，都会误以为是他，追着他走了很远很远的路，甚至错过了及时上班前的最后一趟地铁，追上去才发现，那个人不是他。

小曼想起来了，林先生说过，他有密集恐惧症，害怕地铁早晚高峰拥挤的人群。

小曼说："没关系，以后坐地铁的时候，我会抓着你的手。"

这句之后，林先生并没有回复小曼，但是我想，两个人之间本该萌芽的种子，在这一刻，应该已经悄然发芽了吧。

我在2018年《我不愿让你一个人》的签售会现场见到了小曼，我记得当时她让我写了一句话："我会抓紧你的手。"

我知道这本书是送给她的林先生的，等到他们见面的那天，把书交到他的手上，翻开书的第一页，他会读懂她的心意。

上一次收到小曼私信的时候，她和林先生还没有见面。她一直在想，她会在什么时候遇见他，也许在明天，也许她不说他便永远不会提。但是她说，没关系，能够和他在同一座城市，离着走路就能到的距离，已经很知足了。

在爱情里我最心疼两种人。

一种是敢爱敢恨，不管受过多少伤，流过多少泪，都能爬起来继续相信爱情，并为之付出满腔真心的人。

另一种是明明在心里为对方起了高楼，嘴上却只有一句"我们只是朋友"的人。

这两种人有一个共性，都是看似洒脱，实则都是爱而不得。

但小曼不一样，如今她高楼已建，只等她的林先生前来入住，她不甘与他只做朋友，所以勇敢地从山东来到北京，走到了他面前，告诉他，我会抓紧你的手。

林先生你好，如果有幸你可以看到这个故事，请记得给我的听众，这个傻到让人心疼的姑娘一个拥抱，然后别忘了，一定一定，要抓紧她的手。

她的手很暖，虽然我没牵过，但我知道。

8

一 个 陌 生 女 孩 的 来 信

不负过往，不惧孤独
Worthy Past, Fearless Solitude

第一次读到周总理和邓颖超女士的家书，我就在想，这个世界上怎么会有这么浪漫的人。"情长纸短，但吻你万千。"有文化的人谈恋爱的样子也太吸引人了吧！

　　在互联网时代，我们没有人写过家书，也鲜少还会有人写情书。如果在这个时刻，突然没有了网络，没有了手机，我们都回到最初的方式，也许写一封信要花上你一天的时间，寄一封信要用上一个月，这封信你想寄给谁。

　　前几年看《一个陌生女人的来信》的时候，我就在想，如果有机会，我也希望通过信件，让一个陌生人，读完我的一生。

　　我这一生，有慌乱，有迷茫，有心动，也有心酸。人生百味，最终只留下一沓厚厚的信笺。

　　没有想到的是，在我把理想付诸实践之前，我收到了一个陌生女孩的来信。

　　那是 2017 年的春天。信的开头写道：亲爱的程一，见字如面。

　　信里记录着一个关于怦然心动的故事。

1

我喜欢写信，在2017年的时候，我开过一档直播节目，名字叫《见字如面》。内容很简单，没有花哨的开场，也没有搞笑的互动，我倒上一杯温开水，打开话筒，拆开一封听众写给我的信，慢慢悠悠地读，读到哪儿算哪儿。没人要求我要用多少声音的技巧，因为那些真实的信件本身，就已经足够动人。

我身边很多朋友都说，我是一个很奇怪的人。

在快节奏的生活下，别人都喜欢追求速度，找寻刺激。但我却总喜欢反着来，总喜欢干一些慢悠悠的事情，比如晚上一个人坐在录音间，对着话筒，慢慢悠悠地录节目；比如抽一个周末，打开一封又一封别人寄给我的信，慢慢悠悠地读，一坐就是一下午。

通信越来越发达，越来越多人喜欢发微信，打语音电话，甚至视频，我却执拗地觉得，如果我喜欢一个人，如果在将来的某一天我要和她表白，我一定要给她写信。

虽然情书会显得老土，没有土味情话那么俏皮撩人，但我就是觉得，如果我喜欢一个人，我要给她写信，我应当给她写信。

我发微信很快，键盘"突突突"马上就能发出一大段，甚至可以直接一个语音通话过去速战速决，绝不拖泥带水。但唯独给她写信的时候，我会像一个小学生，一笔一画，一字一句地写着，生怕弄脏了我的信纸，弄乱了我喜欢她的心情。

我喜欢写信，也喜欢读信。我始终觉得纸张握在手里的那一刻，我才能感受到那种切实的感觉，信纸或许有些粗糙，但那正是写信人写信时忐忑的、雀跃的、担忧的、努力克制的、跳动的心。

那种悸动的小心思，那种压抑着的、呼之欲出却又暗暗藏起来的小心情，我想和更多人分享。挑一个晚上，我坐在话筒前，你戴着耳机，那些信笺里的内容，我一字一句，读给你听，就很美好。

于是有了《见字如面》。

我想收到信的人，一定是幸福的，因为有人郑重地以写信的方式，认认真真地把对你的情绪记录下来，一字一句地呈现在你的面前，就像清晨的阳光，一点点跃然纸上。

我在第一本书里和大家说过，我很喜欢的一首诗，名字叫《从前慢》里面写道：

从前的日色变得慢
车，马，邮件都慢
一生只够爱一个人

幸运的是，在快餐时代下，真的有这么一群人，愿意和我一起做一件慢悠悠的事情——写信。

我收到过很多封信，大抵是与我有关的，有的是和我分享一些近日里的趣事，有的是一些碎碎念的日常，有的只是单纯地表达对我的喜爱。

她，就是成千上万个寄信人中的一个。一个陌生的女孩。

我不知道她叫什么名字，来信没有署名，由于时间的关系，寄信人的信息也很难查询，寄到我手里的有三封。

不知道是不是因为公司换了新的地址，还是因为距离太远，时间太久，邮差弄丢了她的信，第三封之后，我没有收到过陌生女孩的来信，我也不知道如何称呼她。

由于她的信中总是提及一个叫松鼠的先生，那就暂且称呼她为松鼠小姐吧。

2

我是在 2017 年 4 月收到女孩的来信的。那时候我还在郑州，刚刚开始创业，所有的精力都在电台和工作上，没有时间处理生活琐事，没有任何的娱乐项目，唯一的乐趣，就是找一个稍微空闲的晚上，打开直播间读上几封听众写给我的信。

有时候时间很长，没人打扰，我会读上四五封，有时候时间很短，也许只读到开头，就会被匆忙打断，赶去处理其他的事情。因为节目内容没有太多需要提前准备的东西，在节目开始之前，我都会格外放松。

在那段时间里，我很少有空和朋友出去聚聚，但那一次，是极少数的一次，很久没见的高中同学到了郑州，几个哥们约在一起吃了个饭，聊到动情处，加上确实很久没有见面，兴致一来，喝了酒。朋友开车送我回去的路上，风吹了一路，回到家里，开始读信的时候，已经有些醉意。

也是在那个春天的晚上，我读到了松鼠小姐写给我的第一封信。

信纸是彩色的，背面彩色的鲜花和树木的绿色交织，一个穿着红毛衣的小女孩，撑伞走在下雨天，最上面写着的大概是信纸的名字：G小调的思念：浅草发芽，风过思念成花。

连信纸都挑选得这么诗意。我想，这一定是一个温柔的姑娘。

我倒上一杯温水，呷了一小口，按下播放键，放上一首舒缓的音乐，嘴巴靠近话筒，开始读她的来信。

亲爱的程一：

见字如面。

不得不承认，这种开场方式，我很喜欢，我乐意这样聆听她的倾诉，也喜欢用这种开场来继续她接下来的故事。就像听到了一首从未听过的歌，虽然不知道歌词唱的会是什么，但前奏一响，就抓住了我的耳朵，让人忍不住继续往下听。

她接着写道：

很开心能以这种方式和你交流。曾经的我总会失眠浅睡，晚上不听一些安静的音乐电台就难以入眠。后来，一次偶然的机会，我遇见了你，原来夜晚的声音真的有温度，感谢你无数个夜晚用温柔的声音伴我入梦。

其实写信这件事情对我来说并不陌生，甚至驾轻就熟，因为我每个月都会写一封信，寄往海外，纵然知道它顺利寄到目的地的概率不大。

不知道你愿不愿意倾听我的故事，但我会坚持写下去，不论这封信会不会被你读出来。我坚持写信的原因是因为一个叫松鼠的男孩。

我放慢了语速，换了一首更柔和的音乐，因为我能感受到，被女孩用写信这么温柔的方式记录下来的故事，一定值得我们用时间、用心慢慢倾听。

一个叫松鼠的先生，一个会用 G 小调信纸的女孩，听起来，还不错。

他是韩国人，我是中国人，我们在上大学的时候遇见，我们很投缘，总是有说不完的话，聊不完的天，他带我去吃最正宗的韩国料理，我帮他做翻译作业拿全班最高分。

松鼠喜欢喝酒，于是我陪他一起，但是他只允许我喝啤酒。

松鼠喜欢吃辣，我却不能，于是每次我们出去吃饭都只点不辣的菜。

松鼠喜欢唱歌，有自己的小乐队，他总把他唱的歌用手机录下来传给我听，后来的后来，我才知道，这些韩语歌都是表白神曲，歌词里写的都是我们的故事。

我不喜欢吃蔬菜，他会用他的筷子喂我吃，说蔬菜吃多了才健康。

我这个人讲笑话的能力真的很差，每次他都无动于衷，而我自己笑趴在桌子上，然后他会用手轻轻按在我的头上，小声用韩语说我是小傻瓜，我一抬头，就能看见他温柔的笑。

我学习起来很认真，期末在咖啡店复习的时候，他会一个人抱着一本书，坐在我的旁边安安静静，一坐就是一下午。

我会偷偷看他，在咖啡馆，在炸鸡店，在我们走过的每一条街。

偶尔，我也会对上他正好看向我的眼睛，他的眼睛弯弯的，形状像月牙，望向我的时候，亮晶晶的，好像盛满了整片星空。

但我始终没有等到他开口说"在一起"。他说："我要回韩国服兵役了。"

我一点心理准备都没有，他说："我去当兵，你会心碎吗？"

我赌气说："不会，我会很开心。"

他说："你要开心，这样我去当兵，才不心碎。"那时候他汉语不是很好，不会说难过，不会说舍不得，只会说"心碎"。

有人说，只要你还记得你们第一次见面的场景，那么你们的缘分就还没有结束。所以，我不敢忘记第一次见他的场景，也一直在期待下一次未知的重逢。

松鼠说，要给他写信，他有机会就会回信，部队不能用手机，不能上网，偶尔能用下电脑。

自此，我有了写信的习惯。在信里，我把字写得认真极了，生怕他看不懂我的草书。我不敢在信里吐露太多想念的感情，女孩子总是要矜持一些的。

所以即使我们时常通信，他也不会知道他入伍后的无数个夜晚，我是怎么习惯没有他说晚安的。那些浓稠静默的黑夜，原来痛彻心扉的思念是那么难熬，原来，我比自己想象中的更加想他，倾心于他。

松鼠入伍已经八个月了，我写了七封信，他收到四封，我已经很满足了。偶尔，他会用 E-mail 给我回信。

他说他在新年里要帮部队扫雪，很冷，还说宿舍的前辈一直找他麻烦故意整他，我除了安慰他，鼓励他，别无他法。

他说一退伍就来我的城市找我，一定要把酒言欢，他说他一见到我会给我一个大大的拥抱，其实，即使没有这些承诺，我依旧会满心期待彼此的重逢。

松鼠始终没有明确我们的关系，也许是因为我们的未来显而易见太过坎坷，在一起的路太难走了吧。

但他是我的爱情吗？我的答案，也许是吧。可能在这个世界上还有第三种爱情，每个人都知道，每个人都感动，每个人都守口如瓶，每个人都讳莫如深。

后来因为一些其他的原因，我和他的通信一直中断，唯独写信这件事情废除不了，我想要把我的感情，我的温度传递给他，我不想失去和他的联系。

也许未来的某一天，我会接受家里安排的相亲，找一个合适的人结婚，但我永远不会忘记松鼠给我带来的美好而难忘的时光，他是我的灵魂伴侣，能懂我所有的不安和迷茫，也许再也遇不到第二个他了吧。

我发现一件很有意思的事情，陷入恋爱的姑娘总喜欢用"也许"这个词。

"也许他是喜欢我的吧。""也许我再努力一下下他就会喜欢我的吧。""也许我也可以试着放下他，喜欢别人了吧。"明明她们内心无比确定这个人就是自己喜欢的人，却还要表现出满不在乎的样子。

"没关系，你忙吧。""没事的，反正我又不喜欢你。"她做好了为这个人冲锋陷阵的全部准备，却在对方迟迟没有迈出一步的那个瞬间，偃旗息鼓。

"你看，对方好像不喜欢我了。""你看，那我的喜欢会不会成为别人的负担。"所以，她们也变得不确定了，就像松鼠小姐一样。

在信件的末尾，松鼠小姐说，她常常听我的电台，听连线里的人们诉说着她们的故事，有的错过，有的美满，但是她一直在想，这样就已经很好了，至少他们曾经在一起过。而她，连拥有都不曾有过。

她说，在写下这封信的时候，她真正地懂得了一个词：情深缘浅。

原本情深，奈何缘浅。

读完这封信的时候，已是深夜，我不知道女孩有没有听到我的这封信，但我确实感受到了她所说的那种信件所能传递的温度和温柔的触感，以及她那一刻怦然心动，但又努力克制的心。

我在下直播的时候，收到了一条微博私信。

我的听众告诉我，她很喜欢我微博时读信的声音，像一壶刚刚温好的梅子酒，初尝有些甜，让人忍不住想要多尝几口，往后越久越醇，让人甘愿醉倒在里面。

爱情就像梅子酒，明知会醉，还是会忍不住多喝几口。

3

你相信缘分这件事情吗？我相信的，我想那个写信的女孩也信。

写信给我的人很多，但总会因为一些莫名其妙的原因，导致这封信最后没有交到我的手中，所以虽然女孩在第一封信的末尾写道她还会接着给我写信，我也不敢有太大的期望一定能收到她的来信。

但情深不一定缘浅，凡事念念不忘必有回响。再一次收到她的来信，是在一个多月以后。

信纸依然和其他的信件都不一样，精致得很。信纸的背面是一双伸出的手，手里盛满鲜花，像是要送给谁，又像是在一个人独自欣赏它。

和上一次一样的是，这一次，也是满满的四张纸，字迹清秀，远没有她上一封信里自我调侃的那么潦草。

和上一次不一样的是，这一次的信纸上贴了很多小贴纸，各种姿势的可爱橘猫和各色各样的小星球，还有一个代表庆祝的万花筒。

我想写这封信的时候，她一定是带着笑的、雀跃的，我也忍不住想要打开，读一读她的松鼠近况如何。

亲爱的程一：
见字如面。

这好像已经成了她给我写信的固定开头。

你还记得我吗？上次给你写信，讲了我和韩国男孩松鼠的故事，谢谢你把我的信读出来，也谢谢陌生的听众给我温暖的鼓励。

真好，她听到了我读信，我就说，只要情深，不一定会缘浅。

其实，我对周围的朋友从不主动提及有关松鼠的事情，我害怕这段注定没有结果的感情，会变成别人茶余饭后的谈资，但我又不想尘封这段还未来得及萌芽的爱恋。

所以，谢谢你，如果不是你，这世上有多少人知道我曾如此爱过，我是你忠实的听众，那你愿意当我唯一的读者吗？

我想这句话，我只能答应女孩一半了，我愿意做她的读者，但恐怕不是唯一的读者了。除了我，还有正在看到这篇文章的你，也是她的读者。如果你愿意，这份少女懵懂的心事，请你细心聆听，不求用心，但求耐心。

记得那天你读我的信，微醺的样子，我听着自己的故事，回忆像洪水猛兽般涌出来，那么，让我再讲讲他的故事吧。

那天夜里，他也是这样喝醉了酒，给我发微信说，要唱歌给我听。

他说这首韩语歌的名字叫《最终真话》，我听得迷迷糊糊，也不知道歌名是哪四个字，他就自顾自地唱着，我问他唱了些什么，是不是我错过了他歌里的细枝末节。他却把话题岔开了，让我早点睡觉。

直到一个月后，QQ音乐给我推荐了一首歌，就叫《醉中真话》，旋律很熟悉，是他那晚唱给我的歌，我看着中文歌词，脑袋嗡嗡作响。

他知道这首歌是这个意思吗？

他是刻意唱给我听的吗？

原来他当时在表白吗？

而当时的我却什么都不知道，现在看起来，这样的歌词叫我怎么能不心动。

他唱道：

是的，我说不定是醉了

或许到明天早上就忘得一干二净

但有些话我一定要在今晚说

抱歉让你看到我脆弱的模样

但请别当作醉话

原先准备和你说的话，一到你的面前就说反话

转身就后悔

我现在就向你告白

从一开始我就爱上你了

这么爱你

今天我要把所有的话都说出来

爱你

这样爱你

　　我很懊恼当时没有发现他的心意，也赌气他为什么不直接告诉我。关于这件事情，我们很默契，谁也没有提过。就这样，我们错过了在一起的机会，彼此慢慢耗着。

　　真的，我时常在想，我们之间，只差一个人开口。只要我们其中一人有勇气再开一次口，或许现在我们就不是这样的结局。

　　去年暑假，松鼠回了韩国，我家原本计划暑假去韩国旅游，松鼠听说了，自告奋勇要当我们的地陪，为了这次见面，他推掉了来我的城市当演唱会随行韩语翻译的工作。

　　可是由于一些事情的发酵，我的父亲极力反对在那个时刻去韩国。

无奈之下，我们不得不推掉了这次韩国之旅，我却得空去听了那场演唱会。当然，那场演唱会没有他。

老天好像给我们开了一场天大的玩笑，我们，又一次错过了。

从前我深信一句话：一切都是最好的安排。然而现在我却迷茫了，这一切是上天对我的刻意照拂，还是一场我输不起的恶作剧，我不知道，我也找不到答案。

后来的后来，松鼠要去服兵役了，终于到了分别的时候，他故作轻松地要给我唱歌，当作分别的礼物。我开玩笑地说，别再唱韩语歌啦，于是，他唱了一首中文歌，名字叫《小幸运》。

爱上你的时候还不懂感情，离别了才觉得刻骨铭心。为什么没有发现，遇见了你是生命最好的事情。原来，你是我最想留住的幸运，原来我们和爱情曾经靠得那么近。

是啊，我们曾经和爱情靠得那么近，而我现在离他却那么远，远到只能用信件的方式交流。等信寄到军队，已经过了一个月了。他读到的，是我一个月前的思念。

我不敢像情侣一样用最甜蜜的话道别，只是挥手说声保重，再见。没有拥抱，没有眼泪，心疼得不行，却还要强颜欢笑，也许他是怕耽误了我。我也忘了告诉他，我不怕被他耽误。

军队管得很严，他入伍后的很长一段时间里，我完全失去了他的消息。

第36天，我忍不住给他发微信，说我很想他，但发出去的消息，就像石沉大海。

第100天，我试着在网上搜索他位于江原道的军队地址，但满屏的韩文让我气馁。

第122天，他终于和我取得了联系，他问我过得好不好，他告诉了我军队的地址，至此，我囤着的四封信，终于有了归属。

我在一本手账里，满满地记录着松鼠入伍后关于他的点点滴滴，寄信的存根我一直留着，等我寄走第21个月的信，他就退伍了。

"等我寄走第21个月的信，他就退伍了。"这句话的末尾，是那个庆祝的万花筒贴纸，明明那一天还很远，女孩就已经在用临近的每一天倒数纪念。

在信件的末尾，她说道，尤其羡慕每周五晚上参与我声音传情的听众，他们可以通过我给他们喜欢的人打电话，说出那些平时不敢说出口的话。这让她心驰神往，却又不敢奢望，总想着，如果能联系到他，她一定会报名参加。

可惜，我的电话不能越洋过海，联系到远在韩国军队的松鼠。至少现在还不能，那就留个遗憾，也留个念想吧，她相信有一天能够重新和他遇见。

我也在用我的方式让那个叫松鼠的男孩知道，那个偷偷给他写信的女孩，已经在默默期待和他重新遇见的那天。

4

你有没有一个特别特别想要写信的人？因为网络太快速，承载不了你绵长的想念。电话太直接，你害怕把你那小心翼翼的心事一下子袒露在他的面前。于是，你花了一个下午的时间，决定给他写一封信。信里没有别的，关于他，全是他。

我始终相信，故事应该被倾听，美好应该被记录，自从读了陌生女孩的两封信之后，我一直在等待她的来信。

因为在我的世界里，快餐式的爱情太多，两天喜欢三天睡觉七天说拜拜，喜欢比龙卷风来得更猛，走得更快。相较而言，这种慢慢悠悠的，一点一点靠近的爱恋反而让我着迷。

可惜，等待之所以折磨人就是因为你永远不知道，你等来的一个东西，是否如你所愿。

时隔一个多月，我才终于收到了她的第三封来信。依然是洋洋洒洒的四大张纸，我都在想，四是不是对她有什么特定的含义。不同的是，这一次的信纸是牛皮纸，上面印着各种形态的小鹿，在信的最上面，是一颗剪裁好的心。

小鹿，心，我好像明白了什么。那我大概知道了，这一次来信有关于一只乱撞的小鹿，一颗悸动的心。

亲爱的程一，
见字如面。

或许是因为第三次收到她的信的原因，看到这个开头，我就感觉到了亲近，就像一个多年未见的老友，坐在我的面前，和我聊起他这些年，我没来得及参与的点点滴滴。

这是第三次给你写信了，希望你还记得我，也希望你不要厌倦我的再次来信。

还记得我和你说的那个韩国男生——松鼠吗？他已经服兵役第十个月了，我依旧每个月给他写一封寄往军队的信，这个月是第十封。

我一封封地数，掰着手指头数，再写十二封，他就该退伍了，我们就能有机会见面了。每每想到我们重逢的场景，我总会有一万种期待。

我总在想，这个我们互相暗恋，却没有勇气在一起的男生，这个正在异国军营里接受严酷训练的男生，会以什么方式来和我相聚。

我和松鼠两个人其实都知道，我们两个人没有未来，但谁都舍不得放手，于是就这样耗着。

如果不是亲身经历，我不会懂为什么互相喜欢的人不选择在一起。原来感情在现实面前是那么不堪一击。

他是韩国人，我是中国人；他在当兵，我已经毕业马上就要入职了；我的家庭传统……这些因素加在一起，我们两个彼此心照不宣，用只有我们自己懂得的方式关心着对方。

六月上旬，他难得休了六天的假期，在地铁上拍了一个2秒的视频，是玻璃上映出的他穿着军装的样子，身姿笔挺。也许是因为拍摄太过匆忙，他的脸很模糊，但我仍然把视频看了一遍又一遍。

他说，难得放假，开心得发疯，为了省下时间出去玩，他两天只吃了三顿饭，晚上都舍不得睡觉。

我是又生气，又心疼。但却不知道以什么身份去规劝他。

女朋友吗？我不是。

普通朋友？不甘心。

六天的时间对渴望军队外自由的他来说无比珍贵，他却用了一天的时间为我挑选儿童节礼物。

从我知道他给我挑选礼物的那一刻开始，之后的几天，我时刻查询物流信息，从韩国寄到中国的邮件要过海关。我去海关取件的路上心跳得厉害。其实盒子里装的是什么不重要，相比礼物，我更想拿到那张快递单，上面有他手写的我的名字。

取件的过程不是很顺利，入境申请单上要填物品的名称、重量、价

格，我一无所知。海关小姐姐和我协商时问我："东西是自己买的吗？怎么会不知道呢？"

我说："是我男朋友寄给我的。"说出这句话的时候，我的心里既满足又辛酸。

是啊，在一句话的时间里，我当了他的女朋友，但只当了一句话的时间。说出这句话，让我觉得这段关系缺失的部分，以另一种方式得到了圆满。

过后，在漫长的等待开箱查验的一个多小时里，我坐在大厅里发呆，思绪飘忽不定，细数了一下，我和松鼠已经一年半没有见面了吧。

以前大学时，想见个面不过十分钟车程，而现在连听他的声音都变成了奢望。他手上的温度我要时隔七天才能触碰得到，拿到手时，精心包装过的礼物盒已经被开箱查验的流程打开过。

我突然想起一句话："你是我半世未拆的礼物。"

信件的末尾，女孩和我分享了一首歌，梁博的《男孩》。那是一首我在很长一段时间里单曲循环的歌，歌里是这么唱的：

曾经意外 他和她相爱

在不会犹豫的时代

以为明白 所以爱得痛快

一双手紧紧放不开

心中的执着与未来

忘不了你的爱

但结局难更改

我没能把你留下来

更不像他能给你一个期待的未来

幼稚的男孩

你的关怀一直随身携带

无人的地方再打开

想问你现在是否忧伤不再

像躺在阳光下的海

像用心涂抹的色彩

让你微笑起来　勇敢起来

想你　就现在

想你　每当我又徘徊

所有遗憾的都不是未来

所有爱最后都难免逃不过伤害

不必再重来

现在我只希望疼痛来得更痛快

反正不能够重来

　　我想听这首歌的女孩也一定明白，为什么明明喜欢，男孩却从来没有直白地对她开口说爱。

　　都说男生喜欢上一个女生的第一反应是害怕，害怕他给不了她最好的。而女生喜欢一个男生的第一反应是勇敢，为了他可以放弃一切，因为只要是他给的，就是自己最想要的。

　　别低估你自己的能力，也别看低一个人爱你的勇气。

　　一直到信的最后，女孩也没有告诉我，那个六一儿童节的礼物是什么。

　　但我想，这些都已经不重要了，更重要的是那张有他手写的女孩名字的快递单，重要的是他为她挑选礼物，又认真细心地为它换上最精致的包装的小心思。

　　当你喜欢一个人的时候，发现对方也在热烈地回应你。没有什么比这更美好的事情了。

5

不知道是因为我的公司搬了地址，还是因为《见字如面》这档节目的种种原因，没能在每周如期播出。在那之后，我再没收到过女孩的来信。

倒是在动笔写这个故事，想要把女孩和松鼠的故事以另一种形式记录下来的那个晚上，我做了一个梦，一个很长很长的梦。

梦里有一片很大很大的森林

森林里有很多很多山

在其中的一座山上

有一只松鼠

他很想很想到几座山的那边

因为他知道

在山的那边有一片风景如画的森林

还有一位很美丽的公主

翻过了第一座山

他发现这里有吃了就可以变得强壮的果实

于是他停留在这里

想着要把自己变得强大

强大了

就可以到几座山的那边迎娶那位美丽的公主

很久的时间过去了

他变得比以前强大了一些

于是他开始翻过第二座山

第二座山中有很多美味的果实

他尝了一颗

嗯，确实很香，很甜

他想把所有的果实都摘下来给公主吃

于是又过了很久

他把自己的箩筐摘得满满的

在这个终于可以继续赶路的时候

突然天降大雨阻碍了他的脚步

那些起初甜美的果实

也烂得不像样子

虽然这一路走来不尽如人意

可他为了公主依然斗志满满

为了给他心心念念的公主送上香甜的果实

为了可以为她挖掘一个温暖的树洞

为了可以保护她的余生

他重新整理好行囊

采摘好果实

笃定地向前走着……

迷迷糊糊好像有声音在我耳边响起，我迷迷糊糊翻了个身，想要重

新进入梦境，我害怕错过这个故事的结尾，我想再陪松鼠先生走一段，
再走一段。

　　庆幸的是，我重新回到了这片森林。只是奇怪的是，这一次，在我
眼前的，不是那只赶路的松鼠，而是一位美丽的松鼠公主。

　　她在自己的小花园中走来走去，走来走去，等呀等呀等呀等

　　还是没有等到松鼠先生

　　于是她第一次离开了那座她生活了很久的山

　　山里有很甜美的果实

　　她装上满满一大罐

　　背上行囊

　　朝着山里走去

　　突然下起了大雨

　　原本甜美的果实也由于时间的原因

　　烂得不像样子了

　　可是她一想到在这座山的后面

　　有她的松鼠先生

　　她就觉得好像一切都没有那么难了

　　所以她咬紧牙关

　　一步一步往前走

　　终于她翻过了第一座山

　　第二座山、第三座山

　　她很累很累

但是一想到在不远的山外面

松鼠先生也在奋力奔向她

她就又抖了抖自己的箩筐

坚定地朝前走去

她一定要亲口告诉松鼠先生

其实她不需要多甜美的果实

也不需要一个多牢固的树洞

他们可以一起去山上拾松果

也可以搭一个属于她和松鼠先生的小树洞

这样就足够了

因为

我为你翻山越岭

重要的不是山

也不是岭

是你

闹铃响起，我从睡梦中惊醒，我不知道最后松鼠小姐有没有和她的松鼠先生相遇，但是我努力跑哇跑，跑哇跑，我要跑到山的那头，告诉那个松鼠先生，别放弃，朝前走，你一定会找到她。

别放弃，千万别放弃。

我始终相信，只要两个人足够努力并且足够坚定，没有什么可以阻挡他们的相遇。

从信上的时间来看，松鼠先生应该已经退伍了，我不知道女孩有没有和松鼠先生见面，他们的爱情有没有开花结果。

如果有机会，我一定要重新回到那片森林，告诉那个赶路的松鼠先生和松鼠小姐。

别放弃，去拥抱那个爱你的人。

不论你是松鼠先生，还是松鼠小姐。不管你是男孩，还是女孩。都请你相信，相爱的人始终会走到一起，哪怕需要翻过高山，越过海洋，走过风雨，跨过泥泞，都不足为惧。因为除了彼此，你们别无所依，其他的都是将就，你给的才叫未来。

世界那么大，别怕没人与你相爱，余生那么长，总有人风尘仆仆为你而来。

如果在未来的某一天，他出现了，请你不要心慌，不要害怕。如果你还没有遇见他，如果你怕等待太过漫长，那就给未来的那个人写封信吧。

如果你不知道写什么，那我借你一句，写信告诉他：

"海是蓝的，草是绿的，我是你的。"

总有一天，在一个阳光明媚的下午，你会与他相遇，把这封信亲手交给他，他愿意用余生一辈子去读懂你的那封信。

信里记录着，我的女孩，你的一生，情长纸短，但吻你万千。

9

向 往 的 生 活

不负过往，不惧孤独
Worthy Past, Fearless Solitude

如果有人要问我最喜欢哪个城市，丽江一定可以排进三甲。先不说它的风景会吸走多少胶片，只是在这个城市行走，就足以让我爱上这里。

我不知道你们有没有过这样的时候，在非常高强度地工作一段时间过后，会有一段短暂的疲惫期。这段时间你会突然对事情没了兴致，觉得自己在应付生活，也不想和身边的人诉苦，因为别人也有自己的生活要过，我不想做那个传播负能量的人。

以前每到这个时候，我就会更加拼命工作，以为自己是因为突然空闲下来，就开始胡思乱想，但其实不然，再一次高强度的工作让我的身体亮起了红灯，只能被迫休息。

第一次去丽江的时候，正好是我的疲惫期，录节目时读到一篇稿子，里面提到每个人都需要休息，不只是身体，而是心。

如果你觉得累了，那就慢下来，让心去旅行。

丽江跟北京是完全不一样的两座城市，它的慢节奏生活可以让我短暂地忘记我在北京的一切精彩和灰暗。我来到丽江，不是主持人程一，也不是作家程一，我和走在这座城市里的大多数人一样，只是一个游客。

我喜欢丽江，因为这里总会发生柔软的事。

1

大海是丽江本地人，父亲是医生，母亲是护士，有了他之后，父母两人在当地开了一个小诊所。本来是要大海学医回家把小诊所发扬光大的，但是这小子从小爱画画，不听劝，大学去了北京学设计，毕业后就留在北京做了 UI 设计师，加上上大学，一走就是八九年。

但是家里父母年纪大了，总想让他回家，他看着在北京漂的这四五年，也没做出什么大成绩，领导还每天让他无偿加班，盘算了一下，大海就回了家。回家的时候，朋友们都劝他，别因为一个傻 × 老板放弃了自己的梦想，回去了可就代表和家里屈服了，再想出来可就难了。

大海当时也问过自己，后悔吗？遗憾是有点的，毕竟在外面这么多年，没有搞出点什么名堂就回来了，总有一种当逃兵的意思。但是硬撑着也不是办法，就和朋友道别，回了老家。一开始也没想好要做什么，看着来丽江旅游的人多，他又喜欢交朋友，本来准备开个小酒馆的，但是家里老人不让，说人喝多了容易闹事，怕出问题。

大海不想父母担心，又正巧赶上一个亲戚因为儿子在深圳定居了，儿媳妇生了个大胖小子，说什么也要把老人接过去，两个老人也想孙子，就答应了，估计以后都不在丽江待了，要把民宿盘出去，想找个人接手。价钱都好说，就是着急。

亲戚的民宿就在大海父亲的诊所边上，周围环境大海也算熟悉，偏了点，但是离景区也方便，民宿是 2010 年装修的，装潢有点旧，肯定要翻新。

　　大海盘算了一下自己手头上的钱，差不多够，就准备大干一场。接了亲戚的旧民宿，重新装修了一番，在民宿的一楼庭院支了个调酒台，让住客晚上玩累了，也能喝杯酒放松一下，也算了了自己想要开酒馆的心愿，还能不让父母担心，两全其美。

2

　　民宿不大，客满也就是二十间房，因为是自己的店，大海上心得很，只要客人提的要求不过分，他一定尽全力满足。偶尔会遇到鸡蛋里挑骨头的客户，但比大海工作的时候遇到的客户好搞多了，他这人善于交际，也大方，民宿里煮了什么酸梅汤、绿豆水的，也会免费给住客送过去，生意也算做得小有起色。

　　有的客人会有在房间用餐的习惯，大海就盘算着，弄了十几个当地的特色菜，开了点餐的业务。如果客人有需要，就提前一天下单，他第二天一早，去菜市场买最新鲜的食材，满足客户的一切要求。

　　这一天，来了一对小情侣，因为是提前买好的机票，所以哪怕出发之前女生就发现自己有点感冒头疼，也还是执意来了。谁知道到这儿的当天，女生病情加重，开始发高烧，大海连忙领着他们去了边上自家的小诊所让老爸给看了看，还好没有大碍，开了退烧药，嘱咐饮食清淡点就好。

旅游景区卖吃的多，但大多是特色或者家常口味的，专门给病人吃的还真不好找，男孩没办法，拜托大海这几天帮帮忙，弄点吃的。病人吃的无非就是粥啊什么的，大海一时也不知道该准备些什么，正苦恼着，所以当女孩说想喝鸡汤的时候，大海二话没说就应下了。顾客，就是上帝。

应下之后第二天早上，大海就去市场买鸡了，因为去得早，市场的人还不是很多，大海很容易就买到了炖汤用的老母鸡，后来到蔬菜摊买葱姜蒜的时候，人已经慢慢多了起来。

市场熙熙攘攘，叫卖的，剁排骨的，卖水果的，杀鸡的，什么声音都有，大家手上都很快，选好了都往过秤的地方挤，让老板帮忙算钱，好像晚一会儿老板就不卖给他们一样。

大海不喜欢挤，站在一边挑着菜，一抬眼，看见对面有一个女孩手上拿着装好的蔬菜，往过秤的地方凑了凑，也不挤，好多人抢着在她前面买了单，她也不恼怒，只是站在边上等着。这样的人在市场很少见，大海自然而然地多看了她几眼。

女孩穿着一件淡黄色的连衣裙，领口有一些刺绣，不像是市面上常有的款式，看起来很精致。黑色的头发随意披在肩上，因为低头掉下来几缕，也许是遮挡了视线，女孩伸手往后别了一下。好像是感受到了大海的目光，女孩抬头看了他一眼，礼貌地笑了笑。

她笑起来很好看，这是大海对那个女孩的第一印象，眼睛弯弯的，好像月亮，还有两个小梨窝儿。

终于到她的时候，她把菜递给了老板，说了一声谢谢。结了账，接过菜的时候，她又笑着和老板说了声谢谢。

小城里的人都是直来直去的，很少有买个菜都和人说谢谢的。女孩说谢谢的时候，声音小，软软的，和她的笑一样甜，大海感觉自己心里好像被什么东西击中了。

周围的环境依然喧闹，女孩手里还拎着刚买好的蔬菜，大海手里还拎着一只刚杀完的老母鸡，这样的一个环境下，大海竟然觉得这个笑起来眼睛弯弯的女生很好看，异常好看，好像周围的喧闹都和她没有关系，她不急不慢地来，不急不慢地走，有自己的步调。

大海没来得及和女孩说上话，也不知道他该说什么，难道要在菜市场夸一个女孩"你笑起来真好看"？怎么想怎么觉得古怪，只能眼睁睁看着女孩走出了菜市场。

一见钟情？大海觉得有点不可思议，他都27了，一见钟情？好像年纪有点大了吧，自己已经不是十七八岁的毛头小子了。虽然不愿意承认，但是大海确实又很想再见到这女孩，不说一定要怎么样，只是觉得这样美好温柔的女孩，就是当普通朋友，应该也不错。

大海想着这个地方也不大，游客也不会来这种市场买菜，如果是常住人口，应该还会有机会再遇到吧。

3

后来大海确实又遇到了那个女孩，在他旅店的门口，在菜市场的水果摊，但每一次都是匆匆一眼，擦肩而过，大海都没有找到能搭讪的机会。单凭一个长相，连名字都不知道，也不好向人打听。

旅游有淡旺季，因为大海服务周到，有求必应，口碑传了出去，朋友推荐一个接一个，旺季的时候，大海赚得盆满钵满。转眼到了淡季，民宿的客人很少，大海想着自己在店里闲着也是闲着，就时常去父亲的小诊所，帮父亲整理整理仓库什么的。也是在那里，大海又一次遇见了这女孩。

虽然女孩是背对着他的，大海还是一眼就认出了她，还是那件淡黄色的连衣裙，这一次她的头发扎了起来，露出了修长的脖子。

"她生病了？"这是浮现在大海脑子里的第一个念头，这里可是诊所，不是自己有病，就是家里有人生病，总不能是来这儿和他偶遇的。正想着的时候，父亲突然招呼他过去，嘱咐他到后面帮女孩拿个药。

大海应了一声，一路小跑去后面拿药了。隐约听见身后父亲在嘱咐女孩需要注意什么。把药递给女孩的时候，女孩笑着接过，和他说了一声谢谢。她好像很喜欢说谢谢，大海心想。第一次在蔬菜摊也是，对谁都很有礼貌的样子。

女孩走后，大海假装和父亲闲聊问起，才得知女孩叫林夏，生病的不是她，是她的父亲，她本来也和大海一样在北京工作，后来父亲生了病，才辞了工作，回了家。现在自己在家做一些手工的服装和饰品，开个网店赚点钱。

阳光、礼貌、孝顺、独立，还没和林夏说上话，大海好像就对这个女孩有好感了。谁说遇见爱情一定要在高大上的地方，生活气息十足的菜市场也可以。

眼看着大海马上就 30 岁了，终身大事还没着落，父母开始着急了，总催着他赶紧找一个，他每次都说不着急，奇怪的是，每次父母催婚的时候，他脑海里都会浮现那个淡黄色的背影，和那个女孩眼睛弯弯的笑。

在大海的父母又一次催婚的时候，大海脱口而出，我有喜欢的人了！知道大海喜欢的人是林夏的时候，大海的妈妈第一个不同意。一问原因，大海啼笑皆非。

"林夏风评不好，当过小三，虽然是听邻居说的，但是空穴不来风。否则她长得那么好看，学历又那么好，怎么可能现在还没有对象？"这是大海妈妈的原话。

人言可畏，大海可不会因为旁人随便一两句话，就觉得林夏真的是别人嘴里那个不知检点的女人。他在北京的时候，也不是没有遇到过女同事长得好看，自己开辆小车上班，同事就说人家是被包养了，不然她一个小姑娘刚出来工作哪儿来的钱买车，还有人说有次看见小姑娘过来上班是从一辆豪车上下来的，后座上还坐着一个中年男人，和她举止亲昵，那个年纪都能当她爸爸了，他也下得去手？

传得神乎其神，结果有一次说的时候没注意，被小女孩听到，一说才知道那真是人家亲爸，家里有钱，那车是她的毕业礼物，闹了一个好大的乌龙。办公室里尴尬了好一阵子。从那以后，大海就对这种道听途说的话持怀疑态度，林夏这个事情过去了那么久，谁知道当时是怎样的？

更何况凭他对林夏的第一印象，一个连买菜都不争不抢的人，会去和别人抢男人？还是有老婆的男人？大海不信。大海不死心，父母也不能再过多干涉，只能任由孩子自己去，反正到现在连人家的电话号码都没要到，离生米煮成熟饭还早得很呢，说不定在这中途他自己就放弃了。

4

大海说还好他当时没有听别人对她的那些偏见，事情压根儿就不是别人传的那样。事实是林夏大学暑假的时候找了一份家教的工作，是当地一个很有钱的人家，男人白手起家做的家居建材，在当地买了一套别墅，一开始是夫妻俩一起打拼，事业有了起色，也有了小孩，就让女人在家照顾小孩，当当阔太太。

林夏辅导的是他们的小儿子，初二，马上就要升初三备战中考，所以想趁着暑假多补补，林夏是当地有名的学霸，在林夏之前，上大学本科的都很少，林夏直接以学校当年状元的成绩考上名牌大学，自然是人尽皆知。

家教的工作是林夏妈妈常去的那个蔬菜摊老板搭的线，说人家小孩底子还不错，就想再巩固巩固，辅导辅导作业就好。每天也就是下午四个小时，一天二百块，钱也不少。林夏妈妈看林夏放假在家也没有其他的事情，就答应了，也算提前锻炼锻炼。

孩子很喜欢林夏，每次林夏一按门铃，他都冲到门口开门，献宝似的把自己的零食给林夏，甜甜地叫她小夏姐姐，小孩懂事，也不闹腾，身上没有一点富二代的娇气，学习效果自然好。

孩子的家人也都很满意，只是有一次，孩子的妈妈和孩子的爸爸难得都在家。林夏因为晚上要见同学，所以化了个妆，穿了一条白色的吊带裙，为了怕别人说闲话，还套了一件牛仔外套。就那一次，孩子的妈妈在她回去的时候，特意借口送她，和她说，下一次可以穿得正式一些，小孩正在青春期，怕影响不好。林夏想着也是家长担心，没有别的恶意，之后穿着也注意了很多。

眼见着马上就要开学了，最后一次辅导功课的时候，那家人给林夏结了钱，八千块，还留了林夏在家里吃了晚饭，吃晚饭的时候已经是晚上9点。男主人主动提议说这么晚了，林夏一个女孩子又带着现金，回家路上不安全，正好今天他开车回家了，一会儿也要出去见朋友，就顺路送她回家吧。

林夏本来是拒绝的，但是一家人太过热情，就应下了，从小孩家的别墅到林夏家其实也只有二十多分钟的车程，其间小孩的父亲也只是客套地问了一下林夏小孩学习的情况，说这段时间多亏了林夏的照顾，真要好好感谢她。几句客套话而已，之后便再无联系，林夏回家还把钱交给了妈妈保管。

第二天，女主人找上了门，说孩子的爸爸早上和她提了离婚，她一直都怀疑老公在外面有了人，只是一直没有证据，唯独那一天她老公在

家的时候林夏穿得那么暴露，一定是她勾搭她老公了，她老公才想着要离婚，怎么劝都不顶用。

女人当着她爸妈的面，指着她的鼻子骂她是小三的时候，林夏整个人都是蒙的，她连小孩的爸爸叫什么名字都不知道，说过的话十个手指头都能数得过来，怎么就成了小三了。

林夏解释，女人不听，一口咬定就是林夏勾引她老公，在她家门口又哭又闹，闹得邻居都出来了，女人一口一个小三，一口一个狐狸精，要不是林夏的妈妈拦着，她就要扑到林夏身上扯林夏头发了。

好事不出门，坏事传千里，高考状元，有名的乖乖女做了小三，没有什么比这个更容易成为小城里的人茶余饭后的谈资了。消息传得很快，大家都认定林夏就是小三，男人特意上门和林夏道歉被人说成是欲盖弥彰，是他们串通好的，怕别人说闲话才演戏给别人看的。

好在林夏开学了，离开了家乡，后来那一家人也搬离了那个地方，听说女人死活闹着不愿意离，起诉到法院才算了结。事后也有一小部分人说男人是因为受不了女人总是疑神疑鬼，怀疑他这怀疑他那，每天几十个电话打个不停，所以才在孩子开学的时候提出离婚，和林夏没有任何关系。

但澄清没有谣言来得精彩，大家也不怎么愿意传播，很多人依旧觉得林夏就是那个破坏别人家庭的第三者。

因为这个事情，毕业后的林夏也留在了上大学的城市工作，没有回家，最近是因为父亲重病，母亲年纪大了也不方便照顾，才不得不辞了工作，回家照顾的。好在大海不是个道听途说的人，有自己的判断，才没有因为这种风言风语错过自己生命中最重要的人。

有的时候，这个世界并不是你想的那样。

我想起电影《傲慢与偏见》里也有过类似的场景，别人都说男主高傲，女主一开始也信了，还好最后他们放下了傲慢，跨过了偏见，才有了圆满的结局。

所以啊，不要过分地去评价别人的生活，每个人都有自己的选择，也许你所看到的，你所听到的都不是真的，没有亲身经历过的人永远看不到事情的全面。

看再多的信息，我们了解的也只是冰山一角。世界上没有真正的感同身受，所以没有见过别人的痛苦，没有经历过别人所收获的那种幸福，你就不要去随意评判别人的人生。单凭你的一两句话就给别人贴上了标签，这和菜市场门口闲聊扯着别人家常，还随意评论的婆婆妈妈有什么区别？

5

　　都说念念不忘，必有回响，也许是老天爷听到了大海内心的巨响，在大海还没有策反父亲偷偷给他透露林夏电话的时候，林夏自己就送上门了。

　　那是在一个月后，林夏北京的朋友过来旅游，正好订了大海家的民宿，入住的时候，就是林夏带着她来的。林夏拎着箱子招呼她的朋友往里走的时候，大海连忙上前接过了箱子。

　　"我来吧。"

　　"谢谢！"她又笑了。

　　"您好，麻烦这边办理一下入住。"前台的小妹正好上厕所去了，前台只有大海一个人。大海操作很熟练，马上就办理完正常入住手续。

　　"您好，一个人入住，一共七天，已经办理完了，您的房间在二楼走廊尽头220，请拿好您的房卡。"怎么要电话号码？怎么要电话号码？大海想不明白自己平时那么会聊天的一个人，怎么遇到林夏连要个号码的话都说不出口了。

　　"谢谢！"林夏拿好行李准备带着朋友上楼了。

　　"稍等一下！"大海叫住了她。

　　"那个，您也要进房间吗？我们这边出入需要登记一下，您方便填写一下您的身份证和电话号码吗？"

　　这个理由不能更蹩脚了，留身份证正常，留电话号码又是为了什么？好在林夏没有生疑，把身份证递给了大海，并一字一字地说了自己的电话号码。

"谢谢，麻烦您了！"林夏说谢谢的时候还是那么温柔。

有了电话号码，大海心里轻松了很多，连忙走上前，帮林夏拎了箱子，带着她和朋友上了楼。放下行李，林夏便带着朋友出去走了走，一直到傍晚才回来。

"吃过了吗？"大海主动问起。

"吃过了。"林夏的朋友答道。

"晚上会有朋友过来唱歌，如果你们觉得吵的话可以告诉我，我们小声点，如果不介意的话，可以下来和我们一起玩，都是在这里住的人，大家一起喝点东西聊聊天。"大海临时找了个说辞，其实根本没有安排什么歌手朋友，看来一会儿要给哥们打个电话过来救场了。

"好哇好哇，我最喜欢听现场了，一会儿一定下来！"出乎意料的，林夏的朋友对这件事情表现出了极大的兴趣，他也算瞎猫碰上死耗子了。

"好的，那晚上见。"大海看了一眼林夏，对方也冲他礼貌地点头微笑。

目送着两个女孩上楼，大海马上掏出电话叫了兄弟过来救场，再三告知今晚很重要，一定要给他制造机会，怎么也要说上话才好。好在兄弟是个会来事的人，连忙答应，一定把气氛给他弄到最佳。

晚上的时候，林夏和朋友一起下楼了。

兄弟连忙怂恿大海自己表现一下，大海接过吉他，自弹自唱了一首《十二》：

你是　九月夏天滚烫的浪
你是　忽而大雨瓢泼的向往
你是旅途，你是故乡……

大海唱的时候一直望着林夏，一字一句都在唱他自己的心情，但是没有过接触，对方好似也没有接收到他其他的信号，只是在他又一次望着她的时候，害羞地低下了头。

晚上快要结束的时候，大海提议面对面建个微信群吧，大家天南海北的，能够遇见也很不容易，多个朋友多条路。

大家纷纷掏出手机，进入了群聊，包括林夏。

要到微信了！大海觉得他离林夏又近了一步。

6

加上微信的大海，以旅店服务顾客之名，每天都要给林夏发一条今日天气及需要注意些什么，故意做成群发的样子，还落款旅馆的名字。神奇的是，每一天林夏都会在收到这条奇怪的信息后回他两个字："谢谢"。

她真的很喜欢说谢谢啊。

这样的情况一直持续了三天。第三天,大海才找到理由和林夏说其他的话。林夏的朋友在第三天时到前台找了大海,很不好意思地问他:"我听说咱们这里有厨房,小夏今天生日,我想借下厨房给小夏做个小蛋糕可以吗?"

"当然可以!不过她生日我记得不是今天呀。"大海想都没想就答应了,她生日他记着,是十天后,看她身份证的时候,他特意记了一下。

"今天是农历生日,本来要给她做长寿面的,但是我不大会做中餐,还是做个小蛋糕吧,别出岔子了。"

"没关系,我会做,我来做长寿面吧。"大海正愁不知道送林夏什么礼物,毕竟两个人连朋友都不算,最多也就是朋友圈点赞之交,送别的会非常突兀吧。

大海的厨艺很好,我有幸吃过一次他煮的阳春面,面条筋道,汤汁可口。当林夏被带到庭院里看到一个小蛋糕和一碗很简单的长寿面时,说不感动是假的,"谢谢!"这一次,林夏的眼里是含着泪的。

农历生日一般都是和家里人过的,每一年都是妈妈做一桌子好菜,爸爸亲自下厨煮一碗长寿面,一家人开开心心地过,只是今年情况特殊,也就没有爸爸的长寿面了。

那天晚上,那碗长寿面和小蛋糕并排出现在了林夏的朋友圈,林夏还特意又在微信上和大海说了一声谢谢。

"谢谢,长寿面很好吃,今天真的谢谢你!"

"没关系,以后想吃什么告诉我,我都可以做给你吃!"一个开民宿的老板顿时把自己变身成一个被人差遣的厨子。

林夏当然不会主动和他说自己想吃什么，更何况朋友回北京之后，自己也没有什么理由再去大海的民宿了。

大海见林夏那边迟迟没有动静，实在憋不住，主动出击了。林夏的地址大海自然是知道了，先送送别的，最后把自己送过去，完美！

"今天做了很多牛轧糖，给你送点过去吧。"

"太客气了。"

"没事没事，做多了我也吃不完。"什么吃不完，大海一个大男人压根儿就不吃糖，牛轧糖是他前几天看到林夏的朋友圈说自己爱吃的那一家牛轧糖卖断货了。他在家里研究了好几回，终于做出了一点像样的，这才敢给林夏送过去。

林夏自然不会白收大海东西，没几天就送来了自己亲手做的装饰品，一块沙发毯，放在大海民宿前台的沙发上正好。

一来二往，今天牛轧糖，明天沙发毯，大海每周都要折腾一个新品，说是店里试菜，让林夏帮忙给点参考意见，完全一副要把民宿当饭馆开的架势。

林夏每一次都很给面子地仔仔细细写完品尝体验，并且过几天又往大海的小民宿带一点东西，从沙发毯到小挂饰，没多久民宿里处处都是林夏手工做的饰品了，有时候别人问起，大海一脸骄傲地向人家推介，还给林夏带了不少生意。

慢慢地两个人熟悉了起来，都是从北京回来的人，经历也都相似，都是因为父母的关系，回到了家乡，自然又多了几分惺惺相惜。好几次大海都想要和林夏表白，又觉得太过唐突，怕她拒绝自己。

大海的生日就在一个月后，大海约了林夏一起到民宿吃饭，林夏同意了，来的时候还带了一个蛋糕，是她亲手做的，榴梿千层，是大海最喜欢的水果，大海很是感动。切完蛋糕两人坐在一起吃的时候，林夏随口问起"你有什么想做的事情吗"？

"有啊，想和你谈恋爱。"大海下意识地回答道。

林夏没想到大海这么直白，吃蛋糕的叉子放进嘴里，都忘了拿出来。终于，林夏开口了："我 27 岁了。"

"我知道。"这有什么，我都 28 岁了，大海心想。

"我爸生病了，一时半会儿好不了。"林夏又说。

"我知道。"这又有什么，我爸给治着呢，大海心想。

"他们都说我是小三。"林夏接着说。

"我知道。"

"我说我不是，你信吗？"林夏把头低了下去，用叉子戳着盘子里的蛋糕。

"你说的，我当然信。"听到大海的话，林夏抬起了头，看着他。

"所以这和我要和你谈恋爱有什么关系？"

"好像是没有。"

"那谈吗？"

"那谈吧。"

"没有了？就这样？"我以为大海兴致勃勃要和我说的，是个多么惊天动地的爱情故事，这么平淡的吗？

"就这样啊。"大海低头喝了一口林夏刚递过来的奶茶，林夏自己做的。

"你因为她和蔬菜摊老板说了一句谢谢，她因为你做了一碗什么都没有的长寿面？谈恋爱这么容易的吗？"好吧，果然轰轰烈烈的爱情都是电视剧里的，怪不得我找不到对象。

"那你后悔离开北京吗？"

"不后悔，也许留在那里，还会有转机，但现在这样，我也很知足。"

我以前总觉得人生要轰轰烈烈的，事业上大干一场，不说实现梦想，至少也要折腾到自己折腾不动为止，不然怎么证明自己活过呢？爱情就应该是轰轰烈烈的，这个世界上为了爱情要死要活的人那么多，总有一个让我爱到死去活来的姑娘来教会我爱情是什么吧。

现在觉得，不是这样的吧，人生处处都是选择，伟大是，平凡也是。死了都要爱是爱情，细水长流也是爱情。我们终将归于平淡，重要的是，和谁一起归于平淡。

一定要留在大城市吗？

不一定吧，大海这样和林夏开个小民宿也很好。

一定要轰轰烈烈吗？

好像也不是吧，平淡的日子里好像也有一些温柔的小刺，能够给你生活的惊喜。我之前，好像把有些事情看得太重了，以至于背负的东西越来越多，压得自己喘不过气来。

在等红绿灯的时候，你会不会着急？

以前我会的，现在不会了。

但是其实你应该感谢人生中每一个岔路口的红绿灯，它会让你没有那么着急地去做出一些选择，那些因冲动没有思考的情况下做出的选择。它会让你停在那个重要的时刻，给你一些缓和的时间，让你去思考，往左走，还是往右走，过马路，还是接着沿街道往前走一走。

人这一生中总会面临很多很多的选择，比如说去大城市发展还是回家乡，比如说跟一个不合适的人结婚还是孤独终老，但是每个选择都是我们自己做出的，在选择的时候只要想清楚不后悔就好了。

人生的事情以十年为跨度来看的话，最终都不算什么，什么都会过去的，一辈子那么长，有足够的时间教会你放下和遗忘。

17 岁你会因为一次考试失利哭，27 岁你会因为弄丢一份工作哭，但是等你到 37 岁，你会发现，人生中的考试很多，那一场也并不能决定什么，后来你又换了好几份工作，每一份，都比上一份好得多。

最重要的是，同样的事情再来一次，再回到那个当时，让你再选择一次，你还会那样说，还是会做出那个选择。

再来一次，林夏还是会答应那一份暑假工的邀请。

再来一次，大海还是会选择在那一年回到家乡。

我们没有办法在已知未来的情况下，重新做一次选择，所以，既然选择了就不后悔，不要去纠结一些没有办法再更改的事情，比如一个已经回不来的前任，一个爱不到的人和一个已经过期的凤梨罐头，放下没有办法再挽救的事情，往前走，你会过得很好。

这就是大海和林夏的故事，也是我作为一个游客在丽江听到的第一个故事。

我对这座城市的喜欢很大的程度来自我对另一种生活的向往。许多年前我憧憬自由，渴望脱离格子间做人世间最洒脱的男人。

后来我追求成功，不分昼夜地往前奔跑，跑着跑着，突然发现，原来在我身后走路的人他们过得也很惬意。

或许不用过很久，我也会像大海一样，挑一座可以让人慢下来的城市，开一间简单的民宿，容纳来自世界各地五湖四海所有动听的、平凡的故事。

到时候你们不用叫我程一，我与你们一样，都是这个城市的游客，让我们一起制造故事，向往生活。

10

24 小 时 营 业 电 台

不负过往，不惧孤独
Worthy Past, Fearless Solitude

做程一电台的第六年，我听过很多听众对我的评价。

有人说，程一就像我男朋友一样，永远知道我要什么，不要什么，最重要的是他还永远不会离开我。

这么说的，显然是女听众。

也有人说，程一实在是太让人费烟了，他一开口，我就总能想起什么连做梦都不敢想的事。

这么说的听众，心里大多都有一个放不下的人。

还有人说，程一啊，不就是一个大晚上自己不睡觉，还弄得其他人一起睡不着的男人嘛。

这么说的，一定都是我的忠实听众，正是因为他们每晚的准时陪伴，才坚定了我要把程一电台一直做下去的决心。

在诸如此类的评价中，还有一条这样的评论，让我在很长的一段时间里都觉得缓不过神。

"程一啊，他救过我的命。"

1

说这话的师傅姓陈，是贵州人，女儿考上了北京的大学，他不放心，考虑到家里也没别的人了，剩他和女儿相依为命，就陪着女儿来了北京。

刚来北京的头两个月，他做过蔬菜生意，夜里两三点进货，跨过半个北京城，给各个饭店送货，赚得不少，但是奈何身体吃不消。

硬扛到第二个月，心脏就开始突突地跳，生怕再干下去，就要倒下了，女儿没人照顾不说，自己还住医院花医药费，拖女儿的后腿。所以转行干了网约车司机，到租车公司租个车，一天刨除租车的成本和平台扣费，也能赚个几百块。

陈叔原本有媳妇，十几年前，在老家结的婚。那时候家里没钱，娶个媳妇都是几袋米和面、几头猪下的聘礼，结了婚，一大家子吃饭，日子过得紧巴点，但他偶尔上镇上给人打打零工，也够贴补家用。

结婚的第二个年头，老婆生了个女儿，孩子的奶粉尿布，再往后上学，都是一大笔开销，苦大人可不能苦孩子。

老婆觉得女孩子没必要读太多书，上到初中，到镇上找份工作就能贴补家用了。

陈叔不同意，坚决认为只要孩子想读，大人拼了命也要让孩子读下去，不能因为家里条件不好，把孩子一辈子给耽误了。至少也要读到高中，自己已经是一辈子的劳苦命了，不能再让孩子吃没文化的亏。

孩子三岁多的时候，陈叔跟着同村人南下去了广东，打工赚钱。他没什么文化，动脑的活基本做不了，只能干点力气活，白天在工地上干活，白天要是活少点，还能扛，晚上就蹭个班，去修路。一个月下来也能赚个几千元钱，工地上包吃住，每次一发工资，他都原封不动，一分不落地打到老婆的账户，尽着家里先用。

老婆在家照顾父母，带带孩子，无聊的时候偶尔和村口的婆婆公公打打扑克，输了钱回家难免脸色不好。这个陈叔也知道，老婆没别的爱好，没事的时候就爱打打牌，金额也不大，纯属娱乐娱乐。

念在她做事利索，也算把家里的事情处理得井井有条，陈叔也没好意思总说，只是旁敲侧击地提过一嘴，别为了不值当的事情，回家红脸，吓着孩子。

原本挺幸福的一家子，奈何赌博害人。

孩子小学快毕业那年，不知道是什么歪门邪道，村口的音像店门口放了一台水果机。听人说一块钱换一个铜板，投一个铜板投进去，随便按两下，机器滚两滚，叫两声，就能出好多好多钱。

陈叔的老婆没什么文化，也没见过这种新鲜玩意儿，别人说什么，她信什么。一开始也没敢多玩，生怕输得多，一次最多也就是十几块、二十几块的。

可大多数赌徒之所以血本无归，甚至倾家荡产，就因为一个字——贪。人都是贪婪的，从来学不会见好就收，总想着一夜暴富。

"我运气这么好，一定要乘胜直追，多赢一点。"

"我运气都已经这么背了，肯定不可能再背了，再来最后一盘，最后一次，一定能翻盘。"

每次都说是最后一次，每个最后一次都还有下一次。

有一回女人输红了眼，连回家做晚饭的时间都忘得一干二净。几岁的孩子正是长身体的时候，孩子饿得慌，家里老人带着孩子来叫她回家做饭。她输钱输红了眼，眼瞅着钱一个个往里进，却没见一个子儿出来，气就不打一处来，别处没地儿撒，就撒在孩子身上："要不是生了你这么个赔钱玩意儿，你爸和我也犯不上吃这样的苦。滚远点，别耽误我赚钱！"

孩子那会儿还小，分不清妈妈是为了什么事情生气，以为是说别人。一个劲儿往上凑，要妈妈回家，女人正在气头上，手上没个轻重，一把把孩子推倒在地，结结实实摔了个屁股蹲儿。

老人年纪大，腿脚原本就不灵便，拄着根拐杖在孩子边上站着，也只能干着急，知道儿媳妇有气，也不敢多说，只是在一旁抹泪。

孩子坐在地上哇哇地哭着要妈妈，老人站在边上抹泪一声不吭，女人就跟没看见一样，继续往水果机里投钱。

叮叮叮叮叮，水果机的声音响起，她又输了一把，这是她兜里最后的十块钱。

女人的怨气更大了，走到孩子身边给孩子背上又来了一下，边打边骂："你个扫把星，少吃一顿会饿死吗！哭哭哭，哭什么哭，财神爷都给你哭走了。"

老人颤巍巍地往孩子身上靠，女人瞪了一眼老人，终于停了手。但嘴里还在骂骂咧咧，她骂的声音很大，街坊邻居都听见了，孩子见妈妈更凶了，瞬间不敢闹了，只是坐在地上不住地吸溜鼻涕，完全就是一个小可怜虫的模样。

2

天下没有不透风的墙，好事不出门，坏事传千里，同乡接到家里打来的电话时，难免唠唠家常，说说闲事，这事就传到了远在广东的陈叔耳中。

夫妻俩隔着电话吵，他一凶，还没往重了说，女人就哭，就闹，对着电话嘶吼："我还不都是为了这个家，我也想出一份力啊，总不能让你一个人在外面忙活，我除了干点农活，做点家务，什么忙都帮不上。"

陈叔想想也有道理，自己在外面忙活虽然累点，但没有家长里短的事，也算放心。老婆在家里忙这忙那，想为家里出一份力也在情理之中，虽然这个方式是最坏的那一种。

听了妻子委屈的抱怨，陈叔满满都是对家庭的愧疚，总觉得是自己没有照顾好老婆，才让她嗜赌成性。

愧疚越深，压力越大，陈叔更加努力赚钱，不管白天公司活多重，晚上他都要另外干一份工，有时候身体不舒服，自己请一小时假，在宿舍躺一会儿，也不敢去医院，歇一会儿就又开始上公司干苦力赚钱。

家里那头也只能嘱托老婆别再赌了，照顾好老人和孩子，自己再拼两年，攒够孩子读书的学费就回家，两口子好好过日子。

女人也答应了，听同乡的说从那以后，女人去水果机的次数也少了，很少打女儿骂女儿了，陈叔才放心在广东继续打工，想着赶紧攒够钱回家，别让老婆再受气了。

3

事情的恶化，是在半个月后。陈叔说，他第一次感受到什么叫心痛，就是在那个夏天的晚上。

他刚从工地下来，准备回宿舍洗把脸，赶下一份工。还没到宿舍，就接到了邻居打来的电话，通话内容言简意赅，陈叔脑袋"嗡"的一声，像即将爆炸一样难受。

"你妈快不行了。你媳妇儿去镇上请大夫了，我让你女儿和你说。"

女儿在电话里，哭得上气不接下气，结结巴巴地和他说："爸爸……爸爸……你……你回来……好不好，奶奶，奶奶……快不行了。

我可以不上学，只要……只要你回来，看看奶奶……和妈妈好不好？"

"爸……爸，你……你回来……好不好？"

"回来……好不好……"

女儿在那头哭得嗓子都哑了，只是一个劲地重复着一句话："爸，爸，你回来好不好？"

陈叔心被揪得生疼，头一回怀疑离开家来外地赚钱是不是真的错了。

如果他没走，在镇上多找点事，大人省着点，应该也能供孩子上学，不过是日子紧一点。

如果当时他没出来，是不是一切都不会是现在这样了？老婆不会沾染上赌博，老母亲不会被气得抑郁而终，孩子也不会像现在这样，一个人在家守着快不行的奶奶，连个能帮上忙的人都没有。

他狠狠给了自己一耳光，自己太不孝了，不是一个好父亲，也不是一个好老公，更不是一个好儿子。

"婷婷别急，爸爸马上回来，别急，我马上回来，你在家好好照顾奶奶，有什么事情，让叔叔给我打电话。"

可天不遂人愿。造化弄人，陈叔紧赶慢赶，还是没能见上母亲最后一面。

女人像是醒悟了一般，葬礼这几天，安分守己，天天忙前忙后，再没去过音像店，好像电话里的争吵，邻居说的闲言碎语都是假象。一切都像是做了一场梦，梦醒了，母亲还在，妻子还是那个贤惠的妻子，女儿也依然乖巧懂事。

老人走了，家里的日子还得过，孩子现在放暑假，再过一个月就要开学，学费还没看见影子，葬礼的礼金在老婆那儿放着，这两天也要陆陆续续把葬礼花费的钱结算了。

陈叔估算了一下，基本也剩不了多少。第二天，陈叔就约了镇上一个相熟的包工头，想看家附近有没有什么工程可以做，自己也能早点赚钱，不能在家里死守着。

见着熟人，压抑的情绪全盘爆发，几杯酒下肚，陈叔在兄弟面前哭得不能自已。兄弟看他这样实在心疼，留他在镇上多待了两天。家里只有女儿和老婆，陈叔和老婆说好晚两天回来，也就放心在外面谈正事了。

赌性难移，三天两夜，葬礼上收到的 13850 块的礼金钱，一分没有把葬礼的赊账结了，全部让女人输进了水果机里。

钱没了也就没了，但是事情远不止这样，女人从来没有输过这么多钱，人正在气头上，想着老公马上就要回来，自己输得血本无归，不但没帮上忙，还把要还账的钱赔了进去，又气又怕。

正赶上女儿放学回家，看着女儿越看越生气，她顺手拿起晾衣服的衣架子就往孩子身上招呼，孩子小，细皮嫩肉的，打疼了自然就哭闹。孩子越哭，女人越心急，打得越重，动静越闹越大，直到邻里街坊赶过来，把女人拉开，孩子才从母亲手里逃脱。

陈叔接了邻居电话赶回家的时候，看到女儿躲在邻居身后哭得两个肩膀一抖一抖的，老婆瘫坐在地上，眼神空洞，满脸泪痕，也不知道在想什么。

陈叔看着孩子的可怜样，气得抄起放在门边的一根用来晾衣服的竹竿，眼瞅着就要往女人身上招呼了，但看见女人揪着头发一个人喃喃自语的样子，又下不去手。

扔了竹竿，陈叔背起孩子去找村里的医生处理伤口。女儿手上、背上、腿上，全是一道一道的血口子，短的两三厘米，长的十几厘米，浅的渗着血，深的肉已经往外翻了。

陈叔心疼得不行，怎么也想不明白，平日里那么一个温顺贤惠的老婆，会对自己的亲生女儿下此毒手，硬生生地往死里招呼。女儿身上大大小小，二十八道伤口，每一个口子，都像在陈叔心尖上用刀划开的口子，刀刀戳心，刀刀入骨。

看完医生，女儿说什么都不想回家，家里没有奶奶，没有妈妈，只有一个会打她骂她的恶婆娘。

陈叔拗不过，把孩子寄养在了同村的表兄家，想着等孩子缓一缓，他也先回去跟老婆好好谈一谈。

4

陈叔觉得亏欠了女儿，也下了狠心要把老婆赌博的坏习惯戒掉，从老婆那儿拿走了家里的存折、银行卡，就连买菜都是他直接上市场买好拿回家里的。

断了女人所有的经济来源，这样即使她想赌也没钱赌。音像店老板是个精明人，前些年死了老婆，一个人守着店，自己也赌钱，赔了好多进去，就指望着这台水果机养活呢，定不可能赊账给女人赌的。

陈叔看着家里的条件一点点好转，女儿也慢慢愿意和他说话了，就开始尝试接一些在镇上的活，总要在开学之前给女儿攒够学费才行。

有些活赶得急，需要连夜做，陈叔一开始没想接，但眼瞅着就要开学了，学费还没攒够，也只能去试试。于是他接了个短工，两天一夜，做一个小厂棚，能拿八百块钱，正好够女儿交学费。

谁知道夜里天黑，陈叔头上的探照灯也时明时暗的，打地基的时候挖到了电线，陈叔整个人被电流击中，没了知觉，多亏边上的工友用木棍抵着他往边上的草堆滚了好几圈，才捡回来一条命。

但他的手被电击中，整个大拇指盖全变成了焦黑色，好一阵子才缓过神来。陈叔怕家里担心，歇了一会儿，第二天早上才回到家里。

到家的时候是早上 7 点钟，孩子还在睡觉，卧室里没有妻子踪影，陈叔到处找，找不见，手机也打不通。到了 10 点多，妻子才从村口晃晃悠悠地回来。问她去哪儿了，她只说出去看看早市，但去了才想起来身上没钱，只能走了一会儿就回来了。陈叔也没多问，就休息了。

那天开始，女人总是借口在家里待久了想去赶集，就从陈叔这儿拿上十几块买菜的钱，自告奋勇地去集市上买菜，陈叔怕她在家里闷坏了，村子也就这么大，十几块也不够她赌的，就随她去了。

没几天，村里开始有闲言闲语传开了。

有人看见女人和音像店的老板一起出现在集市上，两个人有说有笑。

有人看见女人衣衫不整地从音像店里出来，那个时候音像店还没开门，楼下是店面，楼上是音像店老板住的地方。

有人说透过窗子看见女人上楼了，音像店老板也在。

陈叔听不得这些，也不敢轻易污蔑十几年的妻子，趁着妻子出门的早上跟着她走了一路，亲眼看见她绕过早市，进了音像店才死心。

陈叔意识到自己被绿了，因为没有赌资，女人把和音像店老板睡觉作为交换条件，换取水果机的筹码。

为了孩子，陈叔没有选择离婚。而这个决定，成了他这辈子最后悔的决定。

吵架，成了这个家永恒的主题。女人开始口不择言，把全部的错怪罪在孩子身上。

"如果不是生了这个赔钱货，我也不至于要去赌博！"

"早知道养不好，当初就不该生下她。"

"你说一个女孩子读什么书，早点出去打工，到了年纪找个有钱人家嫁了，不好吗！"

陈叔不想在孩子面前吵，但是女人不管，不分场合，不分地点。那些难听的话，孩子估计也都悉数听进去了。

5

一天，陈叔上完夜班回家，看见老婆自己撬了锁，出了门。干了一夜的活，陈叔再也没有力气去外面找，坐在卧室的板凳上，一根接着一根地抽烟。

半小时，一小时……

两小时……

门开了，女人回来了，看见陈叔，拔腿就跑，陈叔一把抓回她，推搡中，女人兜里的东西噼里啪啦散落一地。陈叔认得，那是水果机币。

陈叔忍无可忍，给了她一耳光，挨了一巴掌的女人像断了线的木偶，瘫软在床上，眼神空洞，了无生气。

第二天，女人给女儿做了一顿饭，全是女儿爱吃的，她也流露出久违的慈母模样，给女儿夹菜："多吃点，是妈不好。是妈对不起你。"

孩子不说话，低头吃着碗里的菜。

妻子和女儿瘫倒在饭桌边上，这是陈叔回来看到的场景，他赶忙叫邻居，把娘儿俩一起送到了就近的医院。医生判定为农药中毒，好在放在饭菜里量没有那么大，还有的救，折腾了好一番，两个人都洗了胃，从鬼门关回来。

醒来后的女儿话更少了，连爸爸都不再叫了。陈叔看着女儿的样子一脸心疼，隔壁床上的妻子还没醒，他想着带女儿出去走走，买点零嘴，让孩子开心开心。

估摸妻子也快醒了，陈叔回去准备接妻子回家时，发现人不见了。临时来医院，也没有带手机，人突然不见，也不知道上哪儿找，陈叔只好先把女儿送回家，再和乡亲们一起找。

妻子不见了，音像店老板恰好也在这个时候不见了。村子里的人都说，他们是奸夫淫妇一起跑了。

十天，半个月，一个月，半年。

两年过去了，女人再没出现过。

b

女人走后，孩子开始变得越发懂事，从不主动要什么，除了书本，就连衣服都是亲戚家哥哥姐姐穿剩下的，她主动要求拿过来穿。

陈叔每天早上出门，晚上回来，女孩学会了做饭，每天早上给爸

爸做好早饭，晚上放学就回家做饭等爸爸回家，乖巧得不行。同村人都夸，有这样的女儿真是上辈子修来的福气。

女儿学习努力，成绩自然好，第二年考上了市里最好的高中。陈叔高兴得不行，去市里可不能让女儿被同班同学瞧不起，多接了几份工，一定要给女儿买新书包、新衣服。

有一天上白班回来晚了，陈叔在家匆忙吃了晚饭就要往夜班赶，走到门边的时候，突然一阵眩晕，晃不过神来，慢慢悠悠坐在门边歇了好一会儿。女儿看着爸爸这样心疼得不行，头一回和陈叔急眼，说什么也不让陈叔出门上夜班了。

陈叔还是想去，却被女儿的一句话瞬间熄了火，她说："我没有妈妈了，我不想再没有爸爸。"陈叔听了女儿的劝，当天没再去赶夜工。

为了更好地照顾女儿，陈叔到市里租了一间出租屋，和女儿住在一起，找了一份开货车的工作，女儿周一到周五住校的时候他就跑长途，周末女儿回来的时候他都陪着女儿，开着车带着女儿四处走走。

女儿到哪儿都捧着书，有时候陈叔都笑称：

"婷儿，不在学校就少看点，放松放松，别为了读书把自己整得比爸爸还累啊。"

每当这个时候，婷婷就会放下书，打开车里的收音机听电台，什么都有，讲相声的，听歌的。后来网络发达了，手机上也能听了，也有了网络电台，婷婷就会拿爸爸的手机放其他电台。

陈叔说，那个时候他女儿经常听的就是《程屯台》。

日子一天天好转，到了市里，也很少遇见同乡的人，关于那件事情，父女俩也从未提起过。

婷婷的性子也慢慢好转了，会主动和陈叔说她在学校发生了什么事情，程一又讲了什么好玩的事。她甚至会主动和陈叔说，最近有同班的男孩子给她写情书了，她觉得那个男生挺好的，但是想等高考完再谈恋爱。

陈叔直夸女儿懂事。平淡的日子里没有任何毛刺，婷婷拿了奖学金，父女俩的生活负担也轻松了不少。同乡有个孩子也考上了这所高中，听说婷婷学习好，还请婷婷帮忙多照顾照顾，婷婷和她爸一样，是个热心肠，自然对小孩多有照顾。

直到高二，出事了。

┐

学校里做中学生心理健康排查，班主任跟他说，你的小孩可能有抑郁症，不爱和人说话，手腕上还有一道一道的伤疤。

陈叔到学校一打听才知道，同乡考上来的也是一个小姑娘，一开始和婷婷相处得很好，但是后来婷婷忙着学习，不能天天都陪她玩闹，就慢慢疏远了。

小姑娘要强，不和她玩，她就背后说人坏话，说婷婷有问题，是她不愿意和婷婷这种人玩的，才不是婷婷主动不理她的。

原本只是小姑娘私底下说说，不知道怎么的越传越广，婷婷走在学校里都会有人指指点点。

"她妈不要她了。"

"她妈和野男人跑了。"

"她妈是个赌鬼，当时还拉着她一起喝农药自杀呢。"

"你说，她会不会和她妈一样啊？"

流言越离奇，越是有人信，越是不靠谱，越是有人传。

婷婷不想让爸爸担心，回家一句话也没提，只是自己一个人默默忍受，久而久之，没有宣泄口，不知道从哪里看到了，拿小刀在手上划拉，手上疼，心里就不那么憋屈了。

那会儿是冬天，女儿大了之后，在家也穿着长袖睡衣，陈叔自然没看见。

老师撩起女儿的袖子，陈叔看到女儿手臂上深一道浅一道的伤疤，心痛至极。

陈叔二话没说，向老师请了假，带着女儿看了心理医生，那是陈叔第一次知道，原来人不只是身体会出毛病，心理也会。

身体病了吃药就好，心理病了不但要吃药，还要和人沟通才能好。

陈叔再也不敢去远的地方跑长途了，每个周末都带着女儿出去走走，和她说话，只为了女儿能开心一点，不能让上一辈犯的错，报应在女儿身上。

原本陈叔想把女儿接出来，不住宿，晚上麻烦一点，接回家住，但是婷婷转年马上上高三，学校规定一定要上早晚自习。

学校离出租屋有半个多小时的车程，一来一回，婷婷的休息时间更少了，婷婷也不想爸爸每天上班还要接她上下学，到高三坚持回学校住。

高三不让带手机，婷婷心情不好也没法第一时间给爸爸打电话。

陈叔想了一个法子，婷婷喜欢听电台，陈叔就买了个MP3，找隔壁屋玩电脑的小伙子，帮忙到网上下了父女俩平时听的几个电台节目。

这其中，就包含了我的《程一电台》八百多期，足够婷婷听整个高三。

8

婷婷的病一点点好转。

转眼高考,姑娘争气,考了全市第五,上了北京的知名院校。

父女俩终于熬出了头,婷婷的心病也因为高考过去,好了很多,复查的时候医生说已经没有任何问题了。

陈叔说我真得谢谢那几个电台主播,多亏了他们的陪伴,否则还不知道婷婷的病情要严重成什么样。

一次婷婷半开玩笑地说:"爸,你知道吗,我有一次月考没考好,我又想起妈妈说我是赔钱货的那个晚上了,我都想割腕一了百了了。

"但是当我去摸放在枕头下的小刀的时候,先摸到了MP3,我怕了,不是怕死,我是怕,我走了,这个世界上就真的只剩下你一个人了,我舍不得。

"那个晚上我戴着耳机怎么都睡不着,后来听到了程一的节目,名字叫《你要学会长大,一个人抵过千军万马》。

"我就想着,你照顾了我那么久,也该我照顾你了,就像程一说的,我要学会长大,没有你在身边,也要学会一个人抵过千军万马。那个瞬间我就不怕了,真的。

"那把小刀第二天被我扔进了宿舍厕所的垃圾桶里,我想为您,为自己再活一次。"

陈叔说到这儿的时候，眼眶已经泛泪了。正好又是一个红绿灯，我给陈叔递了纸巾，他擦了擦眼角的泪水，和我说："所以我真的很感谢这个叫程一的人。我自己没本事，给不了女儿更好的生活，如果不是他，那个晚上我的女儿可能就真的割腕自杀了。"

"我没用，多亏他救了我女儿的命，也救了我一命，他是我们一家的救命恩人啊！"这句话从一个50多岁的壮汉嘴里说出来的时候，我的心咯噔了一下。

眼前这个人不知道我是谁，却在凌晨的北京，和一个陌生人说出了压在心底这么久的事。

我从来没觉得自己做的事情有多伟大，也有人调侃我说，我做的东西也就是小女孩听一听。

我却忘了，每个人都是从小孩子过来的。

就连我眼前这个父亲，也是从小孩子过来的，即使他不需要，他身边也有人需要。有些人看似健康，但心已经生了病。

他也不奢望别人能懂，他把自己关进了一间黑屋子里，周围漆黑一片，没有人，没有光，也找不到出口，直到有一天，他戴上耳机，听到那个声音。

他才知道，原来不止有他一个人心里生了病，这不是一件不能和别人说的事情，哪怕别人不懂他，声音那头的那个叫程一的人也明白，且正在讲述着和他相似的故事。

而这些已经足够让他走出那间小黑屋，重新接纳认识这个世界。

9

临下车的时候我和陈叔说起程一在北京有签售会的事情。

陈叔很激动，详细地问了我地址和时间，表示自己一定要当面和人家说一声谢谢。

那个时候他不知道我就是程一，我想他大概只是感谢，作为一个素未谋面的乘客，我听他说了那么多，那些平日里都不敢和别人说起的心事。

签售会是在一个星期之后，因为是第二本书，有了很多熟悉的听众，现场气氛很好，分享环节我仔仔细细看了一眼现场，没有看见陈叔。

快结束的时候，我看见队尾有一个熟悉的身影，双手捧着一本我的书，视若珍宝，手臂上钩着一个纸袋子。一步一步向我靠近。

他小心翼翼地走到我的面前，把纸袋子递给了我，把书递给了我："我女儿很喜欢您，谢谢您！"

我连忙握住他的手说谢谢。

他说袋子里是他女儿做的手工，她因为今天跟着老师去了外地，所以来不了现场，希望我能喜欢。如果可以的话，请我帮忙在书上写一句话。

"婷婷，19 岁生日快乐，健健康康，快快乐乐！"

这些年，我跑过很多场签售会，写过腻人的情话，写过闺密的告白，这是第一回，受一位父亲的嘱托，给他的女儿写留言。

他谢谢我通过电台这种神奇的形式陪伴了女儿，走过了那一个又一个差点放弃自己的晚上。

"谢谢您。"他说的是"您"，我何德何能，能够接收到这样一份厚重的、温暖的、来自一位老父亲的感激。

签售会的那天我戴着面具，陈叔没有认出我，只是和上次我搭车的时候一样，两只手握着我的手，临了郑重地和我说了一声"谢谢您"。

"谢谢您。"

我也想对他说，因为他的讲述，我有了做程一电台六年多来，最大的意义，我用声音，救过一个 17 岁女孩的命。

10

这几年我接受过很多次采访，他们问我最多的一个问题就是："程一，是什么支撑你坚持把程一电台做到现在？"

以前我总是说，因为热爱，因为梦想。

不知道从什么时候开始，我坚持做程一电台的原因，变成了因为我的听众。

我从来都不是什么伟大的人，但因为听众们赋予我的感激，让我第一次觉得自己伟大，甚至有了一种使命感，要用我热爱的事业去"救"更多的人。

从 2017 年开始，我开启了高校公益巡回演讲。

我试图用声音去告诉那些有梦想的人，只要你愿意，梦想终有一天会朝你走来，我就是例子。

我试图用声音去拥抱那些孤独的人，只要你愿意，我可以陪你把这个世界上所有的苦，全都熬成糖。

我希望我所有的听众，如果以后有机会江湖再见，不要再跟我说谢谢了。

因为我们生来就是彼此救赎的，你们谢谢我把你们从难挨的时光中拯救出来，而我也要谢谢你们，把那个曾经让人看不起的程一，放在了最耀眼的位置。

谢谢你们救了那个灰头土脸的程一，所以如果你们愿意，未来我们就这么互相依靠吧。

就像知乎上某位听众说的一样，程一电台是一种解药，让我在外面摸爬滚打的同时承受了各种压力与痛苦，遇到了各种泥泞和荆棘以后，有瞬间痊愈的能力。

我允许你们因为不如意的生活、痛彻心扉的爱情、钩心斗角的工作而难过，但我希望在你们打开程一电台的那一刻，我可以有治愈你们的能力。

我愿意为你们做 24 小时营业的电台，也请你们在你们各自的世界里，灿烂地、快乐地过好每一天。

11

解 忧 电 话 亭

不负过往，不惧孤独
Worthy Past, Fearless Solitude

我一直觉得这个世界很有趣。苦也好，累也罢，但我们总是会认真地与其交手，热烈地活着。

"那还有一些活不下去的人呢？"

第一次听到这个问题的时候，我压根儿不知道怎么回答。我觉得大多数人从内心里都是恐惧死亡的，而那些连死都不怕的人，一定是经历了太多熬不下去的时刻。

后来我看到了东野圭吾的《解忧杂货店》，每一个失望的人走进去以后都能带着希望回来，我也想成为像浪矢爷爷这样的人，所以我在电台做了一个活动，名字叫"解忧电话亭"，不谈恋爱，不交朋友，只是希望在你不开心的时候有一个能拨通的电话号码，能有个人陪你聊聊天，听你发发牢骚。

因为纯靠人工，工作量巨大，目前还是不定期的状态，但是发生了很多有趣的事情，我曾经把自己的号码挂上去过。活动期间，接了三个电话，每一个都是普通人，每一个都不普通。

1

"喂，您好。"

"您好。"

"我可以开始说了吗？"

"嗯。"

直接进入主题，不问你是谁，在这里，每个人都是一样的，不会因为你的身份而得到不同的待遇，我们都只是两个普通人而已。电话那边的女孩叹了一口气，应该是有点不知道从哪里说起。

"没关系，你想到哪儿就说到哪儿。"看她有些紧张，我主动接过了话。

"我突然，不知道该怎么说，就是最近有点难受。"女孩的声音听起来有些委屈。

"那我猜猜，是工作还是感情？没关系，你什么都可以和我说，反正我们现实生活中不认识，你也不用担心我会泄露你的什么秘密，你就把我当树洞好了，说出来就没事了。"

我没想到，第一通电话，进展就这么缓慢，原来打开心扉，把自己最脆弱的一面暴露在另一个人面前，并没有那么容易，哪怕这个人是陌生人，也还是没那么容易。

"感情，我好像……要分手了。"女孩的声音已经带一点哭腔了。

"嗯，方便和我说说吗？我在听。如果不方便，我不会打断你。"

好像，也没有那么难，只是走出第一步比较难，走出来也就好了。女孩子顺利地打开了话匣子。

"我和他在一起两年了，是他主动追的我，他对我很好，我们也见过双方家长了，他前段时间还主动和我提起过想要结婚的事情，我当时因为心里藏着事，一直没找到合适的机会和他说，所以也没和他继续往下聊，但是，最近因为一次偶然，这个事情瞒不住了。"女孩的语气还算平静。

"方便告诉我是因为什么事情吗？他应该不会因为一点小事就和你闹分手吧。"我见过很多情侣分手，除了那种把谈恋爱当消遣，三天两头换对象的，男生主动想分手的占少数，因为在一部分女生看来，分手并不是真的想分手，而是单纯闹个别扭，想让男生哄哄而已。

"我有个小孩，在他之前，是我初恋的，18岁的时候生的，现在孩子已经6岁了，一直是我父母在带，我们对外也只是说是我的妹妹，一开始我其实没想瞒着他，但是这个事情太大了，我怕他承受不住，一直拖，就拖到了现在。"女孩的声音里听起来满是懊悔。

我没有想到第一通电话，就来了个这么劲爆的，18岁未婚生子，现任要分手是因为发现自己有了孩子？这个剧情也太狗血了吧，连8点档的狗血偶像剧都不敢这么演啊。

"那现在是什么情况呢？"

给别人解忧的第一法则就是，引导她往下说，说得越多，她藏在心底的就越少，心理负担也就越少。

"我急性阑尾炎犯病了，要切除阑尾，其实是个小手术，但是手术前医生需要了解病人的基本情况，问我有没有动过手术，我爸说动过剖宫产，当时我男朋友在边上听到了，我爸一走，他就问了我，我承认了，他当时什么都没说，让我好好手术。但是我手术完第二天，他买了早餐送到医院之后，就不见了。再也没来过。"女孩的声音有些哽咽。

"电话呢？微信呢？联系不上他吗？"

"电话他不接，微信上回过我几次，说他回家了，他想自己冷静冷静，后来连我的微信也不回了。"女孩的声音明显已经有些哭腔，我听到了电话那头抽抽纸的声音，应该是哭了。

"那你可以去找他啊，总要把事情说清楚，不能这么一直拖着呀。"

解忧法则二，沟通。世界上很多问题归根结底，都是因为信息不对称，双方沟通不顺畅，才会导致误会，直至感情崩裂。

"我去了，我在他家楼下等了一个多小时，他才愿意下楼见我，说了不到十分钟的话，他就让我赶快回家，他也没有说分手，只是说这个事情太大了，他一下子反应不过来，真的需要冷静冷静，可是我怕，我怕他冷静着冷静着我们就完了。"女孩的话语中已经开始抽泣了。

"那你怪他吗？"

"不怪，我知道这种事情没有几个人能接受，我只是，只是抱着侥幸心理，觉得他会和别人不一样，没想到还是一样的结果。其实，我应该早就想到是这样的，我只是不知道，一个单亲妈妈是不是就不能拥有爱情，是不是就真的不能像正常女孩子那样恋爱了。好难啊。"女孩此刻说话已经开始断断续续，显然情绪已经快绷不住了。

"那你后悔吗？当时选择生下这个孩子？"

解忧法则三，转移注意力，如果来电者的情绪已经开始出现了明显的波动，那么除了不打断她，听着她哭，更好的办法就是，转移她的注意力，让她暂时从情绪波动的事情中缓和过来。

"不后悔。"这一次，她没有犹豫，"宝宝是我的骄傲，她很乖，很好。"

"那你会和一个不爱你宝宝的人在一起吗？"我接着问。

电话那头愣了一下，吸溜了一下鼻涕说："不会的。"

其实很多人在打这个电话的时候，对于某些事情，早就有了答案，只是不愿意接受罢了，比如在这个女孩心里，孩子一定是第一位的，男朋友能够接受孩子的存在，三个人共同生活，一定是最好的结局。

可是如果男朋友不接受，她也不会怪他，因为他爱的是她这个个体，她不能无理地要求再加上孩子这个附加条件，她只是，不能接受罢了。

我没有说话。

解忧法则四，不要帮别人做决定。你不可能通过一通电话了解事情的全部，你要做的只是在此刻，让打电话的那个人发泄出来，发泄过后，然后可以保持冷静地做一个在这个当时她自己觉得正确的决定。

我们是解忧电话亭，不是什么指点人家命运的人生导师，拨开迷雾就够了，走向光明，是他们自己要做的事情。

电话那头哭得泣不成声，断断续续传来几个字拼凑成一句完整的话："我也不想逼他，只是我怕。"

不知道你有没有过这样一种体验，在一个人哭的时候，如果你试图劝慰，他可能哭得更凶，因为旁人的关心对比那个人的无情，会让她更加委屈。我只是适时地发出一些声音，让她知道，我还在听，没有说别的什么话。没有什么比陪伴更重要的了。

"谢谢你，我好多了。"

"没关系，好好的。"

大约十分钟后女孩挂断了电话。我没有问她接下来打算怎么办，因为这个问题，也许她自己都没有答案。

你是一个有故事的人吗？

一定有的，生活永远比电影更精彩。

2

"喂，您好。" 这一次，是一个男生的声音。

"您好，请问您现在方便吗？"

"方便的，您说。"照例是不问姓名，不问来自哪里，没有别的顾虑，人们更容易说出自己的真实想法。

"你说，从 21 楼跳下去是什么感觉？" 不是吧，一个比一个劲爆。

"会摔得血肉模糊，一定是这辈子最丑的样子。"

"你真幽默。"

"你也是。"

"我想死，认真的。"

"那可以缓一缓。"

"我什么都没有了，女朋友上周分的手，工作因为总是请假，被领导随便找了个理由辞退了，我爸现在还躺在 ICU，我已经不知道怎么办了。"

世纪难题，对于一个普通家庭，父母中有一方得了重病，治疗要花费一大笔费用，这笔费用可能需要家里变卖房产，甚至负债。救，要变卖家里所有能够换成钱的东西，而且手术不保证百分之百能成功。不救，就只能眼睁睁看着亲人在自己眼前一点一点没有呼吸，你却无能为力，然后沉浸在"如果当时我选择救，是不是就能活，不管有没有钱，至少我们是一个完整的家，至少他不会怪我"的后悔中。

"你现在在哪儿？"好吧，我破例了，问题比较严重，我需要确保他此时的安全。

"在医院，最高层，21 层我爸病房所在的走廊里。"

"只有你一个人吗？"

"嗯，只有我一个人，我妈年纪大了，我不能让她在这儿守着，其实现在晚上也是不能探视的，我就是怕有什么意外，我在边上守着，医生和护士也能第一时间找到我。"

我听见那边好像有推门的声音，他的声音空旷了些，有些微的回音，貌似是进了楼梯间。有打火机的声音，他应该是点燃了一根烟。

"嗯，你很孝顺。"

"可我还是救不了他，我没钱。"

"他现在还有意识吗？"

"昨天有的，今天凌晨突发状况才又送进了 ICU 的。"

"你们有说什么吗？"

"他让我别救了，一定不能卖房子，他不能陪我妈走下半辈子了，不能连个住的地方都不留给她。我没同意。"

我在知乎上看过一个类似的问题，最高赞的回答是，如果放弃治疗的这个决定是患者自己做的，至少良心不会受到谴责。如果是亲人做的，那就太残忍了。显然，他爸爸把残忍留给了自己，没有人不想多活一些日子，尤其是将死之人，但是他放弃了，因为他的家人。

"你已经决定要救他了，是吧。"不然不可能拒绝父亲的请求，这么晚还守在 ICU 病房前，生怕出一点什么差错。

"嗯，我已经和我妈商量好了，这段时间搬到我姥姥家住，房子已经在找人卖了，只是现在还没找好买家。"那边好像是抽了一口烟，接着说道，"我和我妈都盘算好了，房子应该能卖六十多万，手术费是五十万，不管怎么样，先动手术，手术成功了，十万块差不多也能够得上后面的费用，一家人在一起最重要，房子我可以再努力，我爸只有一个。"

"你担心的不是钱，是手术。"

"嗯，医生说手术成功率是 30%，成功了也有可能成植物人，没成功当场就会……咳咳。"他好像被烟呛到了。

"死在手术台上。"那个字他说得很艰难，声音小到几乎听不见，他不怕死，他怕病房里的那个人死。

"手术时间定了吗？"

"嗯，下周一。"

"会好的。"

"借您吉言。"

男人之间的对话，好像没有那么多安慰的话，简单的几句话就够了。

"今天谢谢你啊，我实在是不知道和谁说了，看到这个活动，才打了这个电话，说出来好多了，其实也没什么好怕的，对吧。"

"嗯，没关系的。"

"那，再见。"

"嗯，再见。"

挂掉电话之后，我在凳子上坐了好一会儿，我想明天早上该给我妈打个电话了，上次给她买的保健品应该已经到了，她老是忘了吃，我明天得提醒她一下。

我爸上回说腿脚不灵便，应该是风湿病犯了，算了，周末还是开车回去一趟吧，老人家总是节省，有一点什么病痛也不愿意和子女说，还是回去看一眼放心，也好久没陪他们说说话了。

其实我挺感激这个电话的，亲情是太容易被忽视的东西，因为从出生就有，没有经过自己努力得到的东西，总容易被当作理所当然。亲情又是太沉重的东西，每个人都有软肋，亲人就是其中一根软肋，平时不疼，疼起来要命。

你看，原来解忧的并不一定是打电话的那个人，接电话的那个人也会因为这一通电话，对某些平时想不明白的事情，有了新的想法。相互治愈，双向解忧，这才是解忧电话亭存在的意义之一。

3

我第三次参加解忧电话亭活动的时候，已经开始有了期待。有了前两次的经验，我相信这一次我也能从这一通电话中收获不少，谁说普通人没有故事，只是平日里他们很难和别人说起罢了。

电话响起，我接了起来。

"喂，您好。"这回是个女生，听起来很紧张的样子，连声音都在颤抖。

"您好。"我现在的声音一定可以掐出水来。

"嘀……"那边挂断了电话，我凌乱了，难道是我刻意温柔的嗓音吓到她了？

我也不能主动打电话给她，万一人家是突然不想说了，突然想通了，我也不能强人所难硬拉着人家和我说。我放下手机，走到厨房倒了一杯水，准备收拾收拾去录音。铃铃铃，电话再一次响起了，还是上次那个号码。

"喂，您好。"这一次我用的正常的声音，不要再吓到她了。

"抱歉，我刚刚听你的声音特别像程一，一紧张，不小心把电话给挂了。"

"没关系。"好吧，原来是差点暴露我自己的身份，现在应该听不出来了，我平时说话的声音会比录节目的声音清亮一些，一般人很少听得出来。

"恰好您是男生，我想问一下，男生怎么才算喜欢一个女孩子啊，我喜欢他十年了，我们一直都有联系，我对他也和对别的人都不一样，可是我不知道他知不知道我喜欢他，我也不知道，他是不是喜欢我。"

我听得有点晕，绕来绕去，就像感情一样，大多数时候，就像一个乱了的线团，找不到头，也理不了尾。

"你和他说过吗？"

"说过一次，但是他以为我在开玩笑，是我们同学聚会的时候一起玩真心话大冒险的时候说的，他以为我在大冒险，但其实我选的是真心话。听起来很狗血吧。"女孩在那边长长地叹了一口气。

默默地喜欢一个人十年，应该很累吧。毕竟人这一辈子，也不见得能有多少个十年，下一个十年，还是不是能遇到一个比他更让人心动的人。

"没有，我听过比这更狗血的。你们一直都是单身？"十年的跨度太长了，长到可以演完好多部偶像剧了。

"我一直单身，他交过一个女朋友，是他们系的系花，我听别人说的，我们不在一个大学，他在厦门，我在南京，本来是要报一个学校的，他高考考砸了。"

"上大学了你们还有联系吗？都不在一个地方。"

"有的，我去找过他，大一那年我放假比他早，所以先去了厦门，他还带我到他们学校逛了逛，吃了饭，觉得他生活得挺好的，然后我们一起回的家，那是我们唯一一次一起坐火车。"女孩说起这些事情的时候语气都是甜甜的。

暗恋一个人太难了，你从来不会记得那个人给你的伤害，不管什么时候想起来，都是那个人的好，然后自己越陷越深，越来越难受。就像我中学的时候，喜欢一个女生，虽然我亲耳听到她和别人说过，我癞蛤蟆想吃天鹅肉，但是我还是记得她管我借橡皮擦、说我人真好时，那个甜甜的笑。

"你想和他再表白一次吗？问清楚，总比自己猜来猜去好。"很多时候，我们不死心，不过是没有要到一个确切的答案罢了。

"我怕说出来，我们连朋友都没得做了，虽然我不喜欢他问我他女朋友生日的时候，他应该准备什么生日礼物，但是那至少证明他是需要我的。我这样，是不是很贱啊？"女孩的声音明显低了下去。

"怎么会，爱情里哪有贱不贱一说，你这不是没有插足别人的感情吗？"要是主观意识可以控制的话，世界上就没有那么多痴男怨女了。

"其实我知道他对我没有那个想法的，我们有太多在一起的机会了，认识我们的人都说我们俩这么了解，没事就待在一起，不如干脆谈恋爱算了，我记得很清楚他那个时候一把搂过我的肩膀，和别人解释说，瞎说什么呢，这是我兄弟！有对兄弟下手的吗？"

好吧，感情中除了怕拖着，更怕自欺欺人，她明知道没有结果的，还是在这个人身上耗了十年。

"可是我放不下他，即使我们不在一座城市，我也老想他，我看了好多别人说的怎么放下一个人，但是都不管用，我控制不了我自己。"

怎么忘掉一个人？

这是我做情感节目这么多年以来，被问及最多的问题，其实大家都知道，忘记无非两种可能，时间和新欢，但即使知道答案，也还是有很多人把自己困在感情的旋涡里，不接受新欢，还拼命和时间对抗，把那些回忆一遍一遍翻出来强化记忆，生怕自己哪一天真的忘了他。

"忘不掉，那就放在心底吧。"这是我后来给别人的答案，不去刻意忘记，就不会刻意想起，时间会带给你新欢，他也不过是旧爱而已。

"好难啊。"女孩说。

有什么是不难的呢？没有的，更何况是放下一个喜欢了十年的人，那种下意识的喜欢早就已经刻在了骨子里，断骨，你说难不难。

"去过你自己的生活，是你的总是你的，不是你的，也强求不来。"

"嗯，我知道，如果喜欢，我们早就在一起了，我只是不甘心。"

不甘心，因为别的事情只要努力了就一定会有回报，但是感情不是。

"以后会好的。"

"嗯嗯，谢谢你。"

女孩挂断了电话。

我记得我录制过一期类似的节目，名字好像是《如果可以，我不会喜欢你》，但是世界上哪有那么多如果。

　　如果再来一次，你还是会走到那个街口遇见他，义无反顾地爱上他，死心塌地地守着他，然后用余生好长的时间去忘记他。没有用的，在感情面前，我们都是弱者。

　　那一期节目里说了一个关于十年的故事，一样的喜欢，一样的大张旗鼓对那个人好，一样的看着他有了自己最心爱的姑娘，而自己的喜欢，终究也只是一场没有正式演出的内心戏。

　　十分喜欢你，九分藏在最心底，如果你有一分勇气，那一定会是不一样的结局。

　　可惜爱情里没有如果，他也不会爱上你。

　　但是我很喜欢那期节目的最后一句。

　　"那就这样吧，你有了你心爱的姑娘，我也终将会等到一个懂我爱我的人。愿我们的友谊天长地久，愿我们的余生，都能互不打扰，各自欢喜。"

　　答案已经明了，我可以为你对抗天地，唯独对于你爱我这件事情无能为力，所以就这样吧，我喜欢你，就到这里吧。

就这样吧，我用尽全力，好像也只能这样了。

就这样吧，打完这通电话，下一秒，我要开始学着不再喜欢你了。

4

如果给你一个机会，在你难过的时候，有一个可以拨通的电话。你会说什么？是工作，是亲情，还是爱情？

如果再给你一个机会，把这个电话打给身边一个你认识的人，你会打给谁？

也许一开始你不会知道打给谁，但是如果你仔细回想，会有那么一个人，甚至几个人的存在，愿意听你发发牢骚，愿意听你唠唠家常，如果没有，还有我。

很多人问我为什么要戴面具，是相貌多不堪，都不能见人？我说，因为我不想把程一变成个人的产物。程一不该是我一个人的名字，而是任何一个可以在你需要的时候陪着你的人。

所以我戴上面具，不知道我的长相，没有任何具象化的东西，你们身边的每一个人都有可能是我，拼车的陌生人，隔壁桌一个人吃火锅的胖子，甚至是地铁口卖煎饼果子的大叔，都有可能是我。

就像我不想把解忧电话亭设置成我个人的号码一样，世界那么大，我们需要相拥取暖，每一个接电话的人都是"程一"，都能在你最脆弱的时候，给你最需要的陪伴。

今天你是那个打电话的人，明天或许就是那个接电话的人，那个能够带给别人温暖的人，以前我总觉得要切实的拥抱才能给一个人安慰，现在觉得，声音也可以。

因为声音是有温度的，夜晚的声音会发光，我们就像是一颗颗小星星，连成一片，才有了夜晚最亮的星空，照亮每一个孤独的人回家的路。

我们在这里学会向别人求助，在这里学着被需要，然后把温暖一点点传递到生活中。

《解忧杂货店》的最后，浪矢爷爷说："像我这样的糟老头子，怎么可能有左右别人的力量？如果说我的回答起了作用，是因为他们自己很努力。如果自己不想积极认真地生活，不管得到什么样的回答都没用。"

程一电台的存在也是一样，我的解忧电话亭并不能帮你解答所有的忧愁，但我愿陪你度过所有难挨的时刻，并会 24 小时待机，一生在线。

Worthy Past,
Fearless Solitude

不负过往，不惧孤独。
你想要的一切，
时光都会给你答案。

后记

不负过往，
美好都会如期而至

在过去的很多很多年里，我都一直在期待着 2020 年的到来。

刚好 2020 年，又一个十年开始了，你们还记得十年前的自己，在做什么吗？

不瞒你们说，十年前的我正值我这一生最会做梦的年纪。

"十年后，我该红了吧。"

"十年后，我该有个大房子了吧。"

"十年后，我该用上 iPhone 10 了吧。"

"……"

"十年后，十年后，一切都会好了吧。"

十年前我做过的梦，如今在十年后通通照进了现实。

如今，2020 终于来了，带着唤醒一切美好的特异功能，我满心欣喜，欢呼雀跃。

虽然 2020 年的开端，似乎并不太平，一场新型冠状病毒肺炎从 2019 年末的凛冬，一直延续到 2020 的开春，让华夏大地的 14 亿子孙，饱受这场病毒带来的痛苦和煎熬。

好在在党和国家的领导下，在抗疫一线工作者，以及 14 亿中国人民众志成城的共同努力下，我们终将战胜病毒这个敌人，在这场没有硝烟的战争中吹响成功的号角。

你看，没有一个春天不会来临，山河无恙，人间皆安。

我们会摘下口罩，露出久违的微笑，想爱的人可以尽情拥抱，属于春天的美好也会如约来到。

而此刻的我们，要做的就是整装待发，继续元气满满地面对接下来的挑战，才算不辜负过往的汗水和努力。

所以这本新书，也是面对困难时我没尿，最好的证明。

那些过往的苦难并没有将我打倒，反而在我单枪匹马与它战斗时，让我变得更强。

如今，我不再单枪匹马，我的身后有了 3000 万支持我的听众朋友。

只要有想见的人，就不是孤身一人。

于是，这些年习惯了出去走一走见一见你们，看着你们也从学校慢慢走入社会，从单身走向家庭，成长于你我来说，就在我们几次相见之间擦肩而过。

不过好在，成长不是一件坏事，至少我们都学会了不再恐惧这个世界给予我们的压力。

我清楚地记得那个曾经在我的签售会上不好意思开口说话的女生，

再次见面时会主动跟我说："好久不见。"

我清楚地记得那个刚刚失恋红着眼眶赶来找我要一个拥抱的姑娘，后来红着脸牵着另一个男生的手对我说："程一，这次我不会再受伤了。"

我清楚地记得那个给我来信说也想成为一个主持人，即使父母不支持，他也会坚持自己梦想的男生，在刚刚过去的艺考中，他已经顺利通过了三家学校的考试。

我清楚地记得，你们都长大了，而且都越来越好了。

你看，我说什么来着，2020 年可以唤醒一切美好。

也许此刻的你刚刚从大学步入职场，还不知道是选择去大城市找寻更大的舞台，还是在小城市挣得属于自己的一片天。

没错，生活里尽是选择题，好就好在，我们不用急着交卷，哪怕是选错了，你想换个答案，只要考试没结束，你都来得及。所以不要慌，随便选一个，大不了咱再换，2020 年才开始，还早呢。

也许此刻的你刚刚结束一段让你哭让你笑的恋情，失恋就像是一场洪水浇得你措手不及却又无法躲避。

没错，失恋熬人，不过既然没能走到最后，说明缘分不过一般。想哭就哭，等眼泪擦干了，记得把微笑找回来，毕竟洪水退去以后，会有更多的人跑在路上，说不准就有一个人跟你撞个满怀，然后喜欢你笑起来的样子。

如果你觉得自己还没哭够也行，不急不急，毕竟 2020 年才开始，还早呢。

也许此刻的你刚刚结束一天的工作，因为一点小小的失误就被老板否定了之前所有的付出，甚至还当着公司所有人的面，把你骂得狗血喷头。

没错，生而为人，谁都不想受委屈，带着不爽和愤怒换一份工作，不要怕从头再来，这才 2020 年，还早呢。

也许此刻的你刚刚有了一个孩子，听到宝宝的啼哭，你和你的爱人初尝为人父母的喜悦，却又因为孩子经常半夜醒来而闹得你们许久不能睡个好觉。

没错，孩子尚小，但用不了多久，他就会长大懂事，眼睛和鼻子像妈妈，嘴巴和耳朵像爸爸，一想到这些，你会不会做个好梦，梦里你会想念 2020 年发生的一切。

也许此刻的你刚刚过了 30 岁，面对家人催婚的压力，你开始对"爱情"这两个字有了瞬间的犹豫。

没错，30 岁真的是一个门槛，踏进去之前你拥有着年轻，踏进去之后，你拥有了成熟。但生活是你在过，又何必在意别人的眼光，30 年都等了，再等等，又有什么好怕的呢？

也许此刻，你刚刚翻开了这本书，你翻到《24 小时营业电台》，翻到《女人三十》，翻到别人的故事，看到他们也经历了普通的人生，然后遇到不普通的幸福，这时候你会不会想要换个心情，酣畅淋漓地过好眼下的生活。

我期待着你们都可以用力珍藏住自己所有的美好，然后梳一个别致的发型，穿一条好看的裙子，化一个精致的妆，去遇见更多美好的一切。

或许，你还会想要跟我分享一下你的故事，然后在我的下一本书里，与自己相遇。

我是程一，程是路程的程，一是一二三四的一，在 21 世纪 20 年代的第一个春天，向你问候：愿所有美好，终如这场春天一般，穿越人海朝你扑面而来，别说你还没有准备好，请你拿出你最好的姿态迎接它，并对它说，余生的每一天，我们都要紧紧相拥，不要分别。

你看，春天一定会如期而至的。

愿所有的温柔都能与温暖相遇；
愿所有的包容都能与大度相遇；
愿所有相信爱情的人都能与爱情相遇；
愿所有的离别都能与重逢相遇。

最后的最后，愿所有读到这本书的你们：
不负过往，不惧孤独。
你想要的一切，时光都会给你答案。

图书在版编目（CIP）数据

不负过往，不惧孤独 / 程一著. —— 北京：现代出
版社, 2020.6

ISBN 978-7-5143-8323-2

Ⅰ. ①不… Ⅱ. ①程… Ⅲ. ①随笔－作品集－中国－
当代 Ⅳ. ①I267.1

中国版本图书馆CIP数据核字(2020)第051233号

不负过往，不惧孤独

作　　者：程　一
责任编辑：申　晶
出版发行：现代出版社
地　　址：北京市安定门外安华里504号
邮政编码：100011
电　　话：010-64267325　64245264（兼传真）
网　　址：www.1980xd.com
电子邮箱：xiandai@cnpitc.com.cn
印　　刷：北京瑞禾彩色印刷有限公司

开　　本：880mm×1230mm　1/32　印　张：9　字　数：205千字
版　　次：2020年6月第1版　印　次：2020年6月第1次印刷
书　　号：ISBN 978-7-5143-8323-2
定　　价：49.80元